© 2022 Gilles Pitoiset
Édition : BoD – Books on Demand, info@bod.fr
Impression : BoD – Books on Demand, In de
Tarpen 42, Norderstedt (Allemagne)
Impression à la demande
Dépôt légal : juin 2022

Collection du Cochon Vert, 2019

ISBN 978-2-3224-3788-7

Toute ressemblance avec des faits et des personnages existants ou ayant existé serait purement fortuite et ne pourrait être que le fruit d'une coïncidence.

LA DAME DE CARREAU

Par Gilles PITOISET

I

Paul Jacquart était ce qu'on appelle un bel homme. La quarantaine, plutôt bien bâti, il enseignait le sport dans un collège. Pour autant, son sport préféré, c'était les femmes. Toujours célibataire, il collectionnait les aventures. Il aimait changer de partenaire, et pour satisfaire ses désirs, sortait beaucoup le soir, écumant toutes les boîtes de nuit de la région. Il était réputé pour être un bon coup, et les femmes en manque de relation faisaient légion. Dernièrement, il avait levé une belle brune à la "Salsa", un de ses terrains de chasse favoris du centre-ville. Il l'avait invitée à passer la nuit chez lui, comme à son habitude, et elle n'avait pas refusé. La nuit avait été agréable et le tempérament de la belle brune lui avait plu. Il l'avait classée dans son top cinq. Remettre ça avec elle était envisageable, malgré la règle stricte qu'il s'était imposée de ne pas s'attacher. Seules, les femmes de son top cinq avaient le privilège d'une deuxième, voire d'une troisième partie de jambes en l'air.

Quelle n'avait pas été sa surprise, lorsque, deux semaines après l'avoir épinglée à son tableau de chasse, il avait trouvé un petit mot d'elle dans sa boîte aux lettres, l'invitant à la retrouver le soir même, dans la chambre 14 du *Messire hôtel*, au 10 de la rue Fleutelot. L'invitation ne manquait pas d'audace, et la pensée de renouveler ses exploits avec ce joli corps l'excita.

C'est ainsi qu'il se retrouva devant la porte de ladite chambre à 21 heures. Il frappa et n'entendant aucune réponse, imagina la belle brune nue étendue sur le lit, complètement offerte. Il entra dans la chambre légèrement éclairée par une lampe de chevet et referma derrière lui. Le lit était défait et une lumière filtrait sous la porte qu'il devina être celle de la salle de bain. Il entendit un bruit d'eau qui coulait.

- T'es là ? lança-t-il en tapotant le bois de la porte qu'il ne put ouvrir.

Une voix un peu mécanique se fit entendre l'invitant à se mettre à l'aise. « J'arrive », finit-il pas comprendre. Excité par cette mise en scène un peu inattendue, il se déshabilla complètement et prit une pose tout à son avantage sur le lit. Après quelques minutes d'impatience, il se leva et retourna à la porte de la salle de bain. Avant même qu'il n'attrape la poignée, la porte s'ouvrit brusquement et un jet agressif, sortit tout droit d'un pulvérisateur, lui brûla les yeux. Il recula d'un pas en portant ses deux mains au visage, alors qu'une masse, telle une locomotive, le poussa violemment sur le lit où il s'écroula, écrasé par le poids de son agresseur. Sans avoir le temps de se reprendre, l'homme l'immobilisa en s'agenouillant sur son thorax, lui bloquant la respiration, et il le roua de coups au visage en éructant des insanités qu'il ne comprit pas tout de suite.

- Alors ! Connard ! Tu l'as sautée, hein ? Fumier ! Tu lui as fait quoi enfoiré ? Tu lui as bouffé les seins, c'est ça hein ? Saloperie ! Et tu croyais t'en sortir peinard ?

Les coups pleuvaient et malgré sa morphologie d'athlète, la rage de son adversaire avait pris le dessus et semblait décupler ses forces. Il se sentit partir dans le cirage alors qu'un goût de sang lui remplissait la bouche. Son nez partait en javelle alors qu'il perdait connaissance.

II

La cliente était une femme d'une quarantaine d'années assez jolie. Elle avait pris rendez-vous la veille en téléphonant bien après les heures d'ouverture, et c'est lui-même qui avait décroché l'appareil, sa secrétaire ayant oubliée d'enclencher le répondeur en partant. Il avait pour habitude de rester tard le soir et d'arriver très tôt le matin avant ses employés, si toutefois on pouvait parler d'habitude. Il avait repris cette entreprise de chauffage deux ans auparavant, pensant pouvoir la sortir du marasme dans laquelle elle était plongée. Cela lui demandait beaucoup d'énergie, mais il en avait à revendre.

Quelque chose dans sa voix lui avait tout de suite plu, le timbre peut-être, ou la tranquillité avec laquelle elle s'exprimait. Elle était en panne de chaudière et cette fin de mois d'avril exigeait encore qu'elle fonctionne. Elle n'avait encore jamais fait appel à son entreprise et il lui demanda comment elle avait trouvé son numéro. Un prospectus publicitaire dans ma boîte aux lettres avait-elle répondu. Les questions d'usage étant posées, il nota son nom, son adresse ainsi que son numéro de téléphone et lui proposa de passer le lendemain matin à 10 heures, si cela lui convenait. Elle sembla ravie et elle le remercia avant de raccrocher.

L'image qu'il s'était faite d'elle était bien en dessous de la réalité et il tomba aussitôt sous le charme. Elle le reçu dans la cuisine où était installé l'appareil défectueux et lui proposa un café qu'il accepta volontiers. Il s'installa et sortit quelques outils afin d'effectuer un premier diagnostic pendant qu'elle préparait le café à quelques mètres de lui. Elle répondit à ses questions d'ordre technique tout en cherchant dans les placards. Il l'observa furtivement alors qu'elle était perchée sur la pointe des pieds et s'étirait pour attraper quelque chose sur une étagère. Sa silhouette était attirante et son corps semblait parfait. Bon sang, cette femme lui mettait la tête à l'envers alors qu'il ne la connaissait que depuis cinq minutes ! Cela faisait des années qu'il n'avait pas regardé une femme comme ça, il se sentait même coupable d'avoir des pensées pareilles. Il est vrai que la vie n'avait pas été tendre avec lui, et depuis le drame qui avait bouleversé son existence, il s'était jeté à corps perdu dans le travail. Seule sa fille comptait, il s'était oublié en chemin et là, tout à coup, sans y être préparé, cette femme le bousculait et le ramenait à lui !

Il se concentra à nouveau sur l'appareil et détecta rapidement le problème. Il avait vingt ans d'expérience et connaissait son métier sur le bout des doigts. Elle servit le café et lui proposa le sucrier.

- Je crains bien qu'il faille changer la pompe de circulation, dit-il l'air presque gêné. Il avait la sensation qu'elle lisait tout sur son visage et qu'il lui livrait tout en un seul regard.

- C'est une réparation importante ?

- Oh, je dirais que c'est une opération courante. Il sentit son sang courir dans ses veines et ses joues s'enflammer. Il eut soudain très chaud.

- Et cela va se monter à combien ?

- Je vais vous établir un devis si vous le voulez bien !

- Et vous avez la pièce pour réparer ?

- Oui, il n'y a pas de problème. Comme je vous l'ai dit, cette panne est fréquente alors j'ai toujours ce type de moteur en stock.

- Asseyez-vous je vous en prie, vous serez plus à l'aise pour écrire.

Il s'exécuta alors qu'elle tirait la chaise en face de lui, de l'autre côté de la table. Cette fois, c'est elle qui l'observa pendant qu'il rédigeait le devis. Elle semblait amusée par cet homme, elle le trouvait touchant, oui, c'est ça, touchant !

- Cela ne vous dérange pas si j'allume une cigarette ?

- Non, je vous en prie, vous êtes chez vous.

- C'est un rituel chez moi, je ne peux pas boire un café sans avoir envie de fumer. Vous avez l'air de bien connaître votre travail !

- J'ai commencé très jeune, alors maintenant vous pensez !

- Et vous êtes à votre compte ?

- Oui, je dirige l'entreprise.

- C'est ce que j'ai tout de suite pensé hier soir, après vous m'avoir répondu si tard.

- C'est une bonne déduction ! Tenez, j'ai terminé.

Il fit glisser le devis face à elle sur la table, alors qu'elle expirait quelques volutes de fumée. Elle ne s'intéressa qu'au montant en bas de la feuille et lui dit qu'elle s'attendait à davantage.

- Il faut que je le signe ?

- Si vous voulez que je vous fasse la réparation !

- Mais quand pouvez-vous la faire ?

- En fin d'après-midi si vous êtes disponible.

- Oh, mais c'est merveilleux, je vais m'arranger, ce n'est pas un problème.

Elle prit le stylo et signa en bas de la feuille.

- 18 heures 30, cela vous conviendrait ?

- C'est parfait, je vous sers un autre café ?

- Non, c'est très aimable, à ce rythme je finirais comme une pile électrique.

- Oui je comprends !

Il remit tout en place et rangea sa caisse à outils.

- Vous voulez un acompte ?

- Non, nous réglerons tout cela quand votre chauffage sera réparé.

- Ok ! répondit-elle avec un large sourire.

Dieu que cette femme était belle ! Il prit conscience de son désarroi et se noya dans les yeux verts et amusés de la jeune femme. Elle lui offrit un magnifique sourire et, sans le quitter des yeux, écrasa sa cigarette au fond de la tasse à café.

Elle le raccompagna jusqu'à la porte et resta sur le seuil. Après être monté dans son véhicule et avoir parcouru quelques mètres, il regarda dans son rétroviseur et se plut à penser à l'idée de la revoir le soir même.

Il avait le temps de faire encore un ou deux dépannages avant midi. La circulation était fluide et il en profita pour couper par le centre-ville. Concentré sur sa conduite, il écoutait le flash info qui sortait des hauts-parleurs. Le journaliste relatait la découverte d'un deuxième corps dans la région. Il s'agissait d'un homme d'une quarantaine d'années, et que le mode opératoire, peu ordinaire, était identique à celui utilisé pour tuer la victime retrouvée le mois dernier, à savoir, une flèche tirée en pleine poitrine. Cela ne laissait guère de place pour d'autres options que celle du meurtre. La radio reprit son programme musical.

III

Paul Jacquart arrivait à peine à ouvrir les yeux lorsque la scène de son agression refit surface. Il balança spontanément ses poings en avant, décrivant de grands cercles dans le vide. La chambre était silencieuse et l'éclairage du couloir passait légèrement par l'encoignure de la porte restée entrebâillée. L'homme était parti. Il prit conscience de sa nudité et chercha à se lever dans l'espoir d'enfiler son pantalon. La tête lui cognait et tout son corps semblait être passé sous un autobus. Après avoir passé sa chemise avec beaucoup d'efforts, il se glissa tant bien que mal dans la salle de bains. Son reflet dans le miroir n'était pas beau à voir.

- Putain de merde, c'est quoi ce cauchemar ?

Il se passa le visage sous l'eau en gueulant de douleur.

- L'enfoiré ! Putain, c'était qui ce mec ?

Il trouva une serviette et se tamponna délicatement pour se sécher et enlever les traces de sang coagulé.

- Putain de salaud, si je te retrouve !...

Il réalisa qu'il n'avait pas même eut le temps de voir le visage de son agresseur. Il le croiserait dans la rue qu'il serait incapable de le reconnaître.

- Putain ! Ce n'est pas vrai !

Il passa dans la chambre en s'appuyant au chambranle de la porte, enfila son pantalon, mit ses chaussettes et laça ses chaussures. Sa veste était là où il l'avait laissée, sur le dossier de la chaise.

Il ne pouvait sortir dans cet état par l'entrée principale, au risque de devoir se justifier. Hors de question d'aller voir la police. Il chercha une sortie de secours et fila au plus vite. Il trouva sa voiture deux rues plus loin. En plongeant la main dans la poche de sa veste pour y prendre les clés, il en sortit un papier qu'il ne se souvenait pas y avoir déposé. Il le défroissa et lut :

- « Si tu cherches à la revoir, je te butte connard ! »

IV

Elle le reçu à 18 heures 30 précises et plaisanta sur sa ponctualité.

- Vous êtes aussi ponctuel pour vos rendez-vous galants ?

Il fut un peu déstabilisé par sa remarque car il avait pensé à cet instant toute la journée. Il se sentit comme démasqué.

Je plaisantais dit-elle en fermant la porte derrière lui. Il alla droit devant lui et posa ses affaires au sol. Un dernier rayon de soleil s'éclipsait doucement sur le carrelage, assombrissant la cuisine pourtant peinte en jaune. Elle actionna un interrupteur et un éclairage discret inonda le plan de travail.

- Ça va, vous avez tout ce qu'il faut ?

- Oui, oui, ne vous inquiétez pas, ça va marcher !

- Oh ! Je ne suis pas inquiète, je me sais entre de bonnes mains.

Il se détendit et lui sourit.

- Je n'en étais pas sûr ce matin lorsque je vous rédigeais le devis, mais il me restait un moteur « échange standard ». Son prix est inférieur à celui que je vous ai annoncé. La facture en sera donc réduite.

- Ça veut dire quoi "échange standard" ?

- Que c'est un moteur qui a été refait à partir d'un défectueux, il y a donc moins de matière première. Mais rassurez-vous, il bénéficie des mêmes garanties.

- Waouh ! Vous êtes un chou, ça s'arrose non ?

- Pourquoi pas, répondit-il.

- Un petit porto, ça vous tente ?

- Parfait, vous auriez une cuvette ?

- Pourquoi ? Vous pensez que vous allez être malade ?

- Non, dit-il en riant, c'est juste pour vidanger votre chaudière.

- Ah, bien sûr !

- Il me faut quand même davantage qu'un porto pour être malade !

- Ça tombe bien, la bouteille est pleine !

Ils rirent comme deux bons amis. Elle posa la cuvette sur le plan de travail et sortit de la pièce.

Il commença la réparation alors qu'elle s'affairait dans le salon. Il entendit des bruits de verres qui s'entrechoquent et des portes de placard claquer. Cette femme lui était plutôt sympathique et il se sentait vraiment à l'aise avec elle. Il était curieux d'en apprendre davantage sur sa vie. Rien ne laissait penser qu'un homme vivait ici. Il avait l'habitude d'être dans l'intimité des gens et certains détails le renseignaient déjà. Pas d'enfant non plus, ça aussi il le devinait. Il se concentra pour faire son travail au mieux.

Quelques instants plus tard, elle le rejoignit dans la cuisine.

- Tout va comme vous voulez ?

- Impeccable, je n'en ai plus pour très longtemps.

- Tant mieux, parce qu'il commence vraiment à faire frisquet dans la maison.

Il remarqua qu'elle s'était changée. Elle avait passé une jupe noire très seyante arrivant juste au-dessus du genou et enfilé un chemisier blanc qui mettait sa poitrine en valeur. Il ne put s'empêcher de la regarder de la tête aux pieds. Elle sentit son regard sur elle.

- Je rentrais juste du boulot et j'avais besoin de me changer, se justifia-t-elle.

- Vous êtes superbe ! Si je puis me permettre ?

- Merci !

- C'est indiscret de vous demander quel boulot vous faites ?

- Non, bien sûr que non ! A votre avis ?

- Hum ! Difficile à dire... Administration ?

- Houlà, vous en êtes loin là !

- Libérale ?

- Ah, vous chauffez, ça doit être la chaudière qui se remet en marche, plaisanta-t-elle.

- Vous ne croyez pas si bien dire, il n'y a plus qu'à tourner le bouton.

Il manipula le commutateur et l'appareil se mit en marche.

- Bravo ! s'écria-t-elle en levant les bras en signe de victoire.

- Pom-pom girls ?

- Hahaha ! Je n'en ai malheureusement plus l'âge, répondit-elle en riant aux éclats.

- Oh, vous pourriez donner le change, je vous le promets !

- Ô, le vilain flatteur. Alors cette profession ?

Une complicité s'était installée entre eux et ni l'un ni l'autre n'avait envie que ce petit jeu s'arrête. Elle lui proposa qu'il rédige la facture dans le salon devant la bouteille de porto. Il rangea méthodiquement tout ce qu'il avait utilisé, et entreprit de nettoyer la cuvette dans l'évier.

- Laissez, je le ferai !

- Cela me permet de vérifier l'eau chaude, maintenant que tout est reparti.

- Laissez plutôt le chauffage tourner, on en a bien besoin.

Elle disparut dans l'autre pièce. Il se lava les mains et s'essuya avec la serviette laissée en évidence. Il la rejoignit dans le salon, muni de son facturier.

La pièce était vaste et joliment décorée. Deux grosses lampes en céramique et recouvertes d'un abat-jour blanc étaient allumées de part et d'autre d'un canapé en cuir d'un même blanc immaculé. Une table basse en verre dépoli trônait au milieu d'un tapis à grands poils colorés, style art moderne. Les doubles rideaux, couleur ocre, étaient tirés et plusieurs cadres vitrés remplis d'insectes naturalisés étaient accrochés aux murs. Sur la gauche, un bouclier, une sagaie et un arc ancien, certainement africains, ornaient le dessus de la cheminée. Des flèches, fournies de plumes multicolores relevaient l'ensemble. Une musique jazzy flottait dans l'air sans qu'il ne puisse en déterminer la source. L'endroit était plaisant. Elle avait enlevé ses chaussures à talons et s'était installée sur le canapé, les jambes repliées sous elle. Elle lui proposa d'un geste, le fauteuil à côté d'elle. Il s'installa à son tour.

- Alors toujours pas d'idée ? commença-t-elle en se penchant au-dessus de la table basse pour remplir les deux verres.

Il se laissa aspirer par son décolleté qui laissait apparaître la naissance de ses seins. Il se détourna avant qu'elle ne s'en aperçoive et posa son carnet sur la table.

- Je ne sais pas, dentiste ?

- Ah, mon dieu, non ! Quelle horreur ! Fouiller dans la bouche des gens à longueur de journée, très peu pour moi.

- Alors, médecin ?

- Vous commencez à tiédir, la pièce aussi d'ailleurs. Je dois vous remercier. C'est très agréable de tomber sur quelqu'un comme vous, on est tout de suite en confiance et vous êtes très pro.

- Merci, vous êtes très aimable. On se sent bien chez vous, c'est important !

- Vous devez vous demander si je suis mariée et si mon mari ne va pas tarder à rentrer ? Je vous mets à l'aise, je vis seule et personne ne va débouler.

- Non, je ne me posais pas la question.

- Eh bien comme ça, vous savez ! Allez tchin tchin !

Ils trinquèrent en se regardant dans les yeux.

- Infirmière ?

- A domicile...compléta-t-elle. Pas mal, je suis impressionnée, vous avez trouvé rapidement.

- Pour être franc, j'aurai pu trouver du premier coup.

- Alors là, vous m'intriguez !

- Le caducée sur votre pare-brise !

- Elle posa son verre sur la table basse et explosa d'un rire communicatif. Il riait aussi en portant le verre de porto à ses lèvres.

- Trop fort, vous êtes trop fort. C'est certainement dû à votre métier ce sens de l'observation, je suppose ?

- Oui, peut-être bien.

- Qu'avez-vous découvert d'autre sur moi ? Allez, ne vous faites pas prier, dites-moi !

- Puisque vous insistez. Je dirais que vous n'êtes pas mariée, et que personne ne va débouler malgré l'alliance que vous portez à la main gauche.

- Spirituel avec ça ! J'ai été mariée, c'est vrai, mais ce n'est pas un bon souvenir. Parlez-moi de vous plutôt. Mieux, laissez-moi deviner à mon tour, vous voulez bien ? Je n'abuse pas ? Dites-le-moi sinon. Je sais que je peux paraître sans gêne parfois !

- Non, je n'y vois rien de gênant vous savez, je n'ai rien à cacher.

- Bon, alors je me lance. Quarante ans, non, trente-sept plutôt, marié depuis une dizaine d'années, deux enfants, une fille et un garçon ! Dix et sept ans !

- Pas mal, ça aurait pu être ça si cela n'avait pas mal tourné !

- Et vous vous appelez Jean-Luc Vidal.

- Ça, c'est comme pour le pare-brise, c'était facile.

Il ouvrit son carnet et commença à rédiger la facture. Tout en écrivant il demanda.

- Murielle Simon, 7 rue des peupliers, c'est bien cela ?

- Oui, c'est bien cela, je vous en remets une goutte ?

- Allez, vous êtes ma dernière cliente de la journée.

- Pourquoi « mal tourné » ?

- Parce qu'un chauffard alcoolisé me l'a enlevée un soir.

- Oh mon dieu ! Je suis désolée, c'est horrible !

Il sortit une petite machine à calculer de la poche de sa veste et la posa sur la table. Visiblement encore fragile, il changea de conversation.

- Vous savez, je n'ai pas voulu vous inquiéter ce matin, mais votre chaudière est assez ancienne, et à mon avis, à la prochaine panne, il sera préférable de la remplacer.

- Ah bon, vous pensez ? reprit-elle bouleversée.

- Oui, c'est un modèle d'une quinzaine d'années et pour une chaudière c'est pas mal.

- Il faut me faire un devis, alors.

- Si vous voulez. Je vous préparerai ça.

- Ce serait peut-être plus sage de la remplacer avant l'hiver prochain ?

- Je ne voudrais pas vous paraître calculateur, mais certainement.

- J'ai confiance en vous et j'apprécie votre conseil.

- Merci, tenez, je suis désolé de casser l'ambiance, mais voilà la petite note.

- Pas de problème, je vais chercher un chéquier.

Elle se leva et partit prendre son sac dans le vestibule. Il se leva à son tour, le verre à la main et alla caresser les plumes des flèches qu'il avait remarquées au-dessus de la cheminée.

- Elles sont belles non ? dit-elle en entrant dans la pièce.

- Elles sont anciennes ?

- Oui, très !

- Quelle origine ?

- Inde du Nord, Nagaland, vous connaissez ?

- Jamais entendu parler.

- Derniers pygmées cannibales connus.

- J'espère que vous ne collectionnez pas les têtes réduites ?

- Haha ! Allez savoir ! Et vous, vous collectionnez quelque chose ?

- Les PV !

- C'est une lubie coûteuse.

- Oui, et invendable !

- Tenez, je vous ai fait votre chèque. Merci encore, je sens déjà les murs se réchauffer.

- Elles sont grandes ces flèches pour des pygmées ! remarqua-t-il.

- Oui et regardez, dit-elle en le rejoignant, l'arc est un tiers deux tiers.

- Comment ça ?

- Vous voyez, ils posaient la flèche à un tiers de la hauteur, les deux tiers étant au-dessus, ce qui leur permettait d'avoir la puissance des grands arcs sans qu'ils ne soient gênés par leur petite taille. Les anciens Japonais utilisaient des arcs similaires pour tirer assis.

- Dites, vous avez l'air d'en connaître un rayon ?

- Je tire à l'arc moi-même !

- Vous êtes surprenante ! lui dit-il en se tournant face à elle. Ses yeux étaient une véritable invitation. Il sentit son cœur s'emballer et il fit diversion.

- Bon, il faut peut-être que je me sauve, il est tard.

- Vous n'en revoulez pas un petit dernier ?

- Non, c'est très gentil, mais ce ne serait pas raisonnable.

Il rangea le chèque et détacha la facture du carnet en la laissant sur la table.

- Merci, c'est parfait. Je vous prépare un devis de remplacement dès que je peux.

- Alors comme ça je vous reverrai, dit-elle en le raccompagnant.

- Eh bien, ce sera avec plaisir !

Il prit sa caisse à outils et se dirigea vers la porte principale qu'il entrouvrit. Il lui tendit la main. Le contact de sa peau lui plut.

- Merci pour votre accueil, c'était très plaisant.

- Pour moi aussi. À bientôt alors ?

- À bientôt.

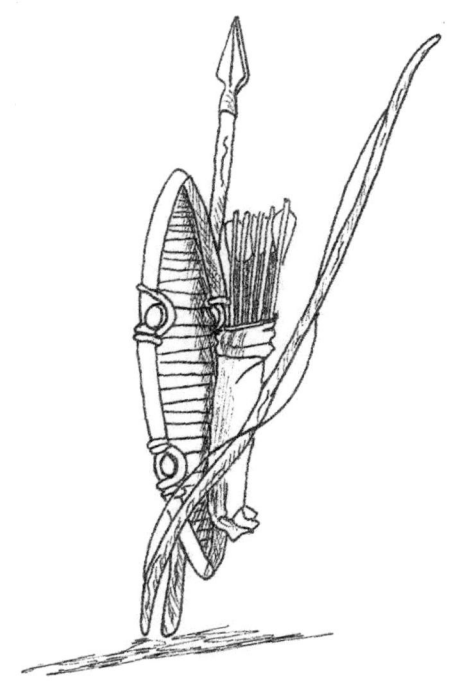

V

Antoine Mitral n'avait pas ce que l'on pouvait appeler une vie bien mouvementée. À quarante-cinq ans, il occupait un poste de responsable du programme informatique d'une grosse société de négoce et c'était là, en quelque sorte, le meilleur résumé de son existence. Lui et son épouse, Caroline, n'avaient pas réussi à avoir d'enfant. Ils avaient tout essayé mais sans résultat. Ce but inatteignable avait fini par rythmer leur vie et ternir leur couple. Antoine s'était opposé à l'adoption ce qui avait plongé Caroline dans la mélancolie et le ressentiment. Leurs relations sexuelles ayant été orchestrées par un thermomètre, leur désir l'un pour l'autre s'était assoupi progressivement. Il leur restait le train- train d'une routine quotidienne qui faisait illusion. Aucun des deux n'avaient envisagé la séparation, non, à quoi bon ? C'était comme ça et voilà tout ! Caroline s'était alors réfugiée dans son rôle d'institutrice et considérait ses élèves comme ses enfants. Antoine avait fini par faire de même, s'investir dans son travail.

Un soir, il s'était laissé convaincre d'aller boire un verre entre collègues, ce qui n'était pas habituel. Une fois en ville, ils s'étaient installés au bar d'une boîte qui avait l'air plutôt bien branchée et très fréquentée. L'endroit était agréable et Antoine, pourtant réticent au départ, se sentit à l'aise rapidement. Ses deux acolytes avaient déjà payé leurs tournées quand il commanda la sienne tout naturellement. Il tournait au whisky coca et cela lui donnait incontestablement de la contenance. Il se demanda pourquoi il ne sortait pas comme cela plus souvent ! Il y avait beaucoup de monde à cette heure et ses deux collègues avaient déjà lié connaissance avec une jeune femme qu'ils avaient invitée à s'asseoir entre eux deux. Ils lui offrirent un verre et Antoine ne put s'empêcher de penser que la note allait être pour sa pomme. Il commençait à se sentir délaissé quand une jolie femme brune s'installa sur le tabouret à sa droite en commandant un martini blanc. La boisson aidant, il l'aborda immédiatement avec beaucoup de tact et de naturel. Elle ne le prit pas mal et alimenta la conversation. Antoine était sur un nuage, il se sentait en vie et cette femme lui plaisait, le désir montait en lui et c'était magique. Tout semblait simple avec elle. Ses deux collègues avaient disparu et cela n'avait pas d'importance, il ne s'était pas senti aussi bien depuis une éternité, et c'était tout ce qui comptait.

Après une bonne heure passée au bar et quelques verres, ils allèrent s'installer à une petite table près de la piste de danse. Ils y déposèrent leur collation et se débarrassèrent de leur veste. Elle lui prit la main et l'entraîna vers la piste. Ils s'enlacèrent et se laissèrent aller au rythme de la musique. Son parfum était enivrant et son désir pour elle enflait à chaque pas de danse. Elle le sentit et lui sourit en l'encourageant par un frottement plus appuyé.

- Je suis désolé s'excusa-t-il, mais vous me faites beaucoup d'effet comme vous pouvez le constater !

- Ne vous excusez pas, au contraire, c'est tout à mon honneur. C'est un peu gênant je veux bien le croire car l'on se connaît à peine, mais je prends cela comme un compliment.

- Tout à l'air si simple avec vous, j'aimerais beaucoup vous revoir ?

- Pourquoi vous devez partir ?

- Oui il va bien falloir. Le prendriez-vous mal si je vous demandais votre numéro de téléphone ?

- Houlà, c'est quoi le problème ? Vous ne couchez jamais la première fois ?

- Vous êtes plutôt directe.

- Vous aussi d'après ce que je ressens ! Vous n'avez pas envie de vous laisser aller et de vivre l'instant sans vous poser de questions ?

- Je n'ai pas l'habitude de ce genre de situation, vous comprenez ?

- Moi non plus je vous rassure, mais je suis libre de mes choix et je ne pense pas refaire ma vie avec vous, par contre votre ardeur me plaît et j'aimerais tout simplement en jouir sans attendre de lendemain. D'ailleurs, qui peut bien nous dire ce que demain nous réserve ?

- Waouh ! D'accord, mais où allons-nous ?

- Ce ne devrait pas être un problème dans une grande ville comme celle-ci vous ne croyez pas ?

Elle l'embrassa en faisant davantage pression avec sa cuisse. Tout s'emballa dans la tête d'Antoine, sa femme, l'heure, les collègues, l'hôtel…Puis, comme par magie, il fit table rase de tout cela en se disant qu'une pareille chance n'arriverait certainement pas deux fois. Ils finirent leur verre cul sec et rirent de concert. Ils sortirent du bar et marchèrent au hasard. Un hôtel se trouvait à quelques mètres, ils y entrèrent. À l'accueil, elle porta la main à son sac et il y vit un signe positif. Il s'imposa devant elle et paya en espèces. Elle lui sourit et ils prirent l'ascenseur jusqu'au deuxième étage.

Arrivée dans la chambre, elle alluma une lumière indirecte et se dirigea vers la salle de bains. Antoine sortit rapidement son portable et envoya un sms à sa femme. « Ne m'attends pas, beaucoup de travail, rentrerai tard. » Il enleva sa veste, ses chaussures et regarda par la fenêtre avant de tirer les grands rideaux. Il enleva la couverture couleur pourpre du lit deux places qui trônait au milieu de la pièce. La chambre était plutôt classe et un mini bar était installé sous un plan de travail. Il desserra sa cravate et servit deux verres de whisky. Elle sortit de la salle de bains en déshabillé pourpre, ce qui le fit sourire.

- Vous êtes magnifique !

- Merci.

- Je vous ai servi un petit verre si le cœur vous en dit, je crois que je vais utiliser la salle de bains à mon tour.

- Ok !

Elle s'allongea sur le lit, le verre à la main. Il la rejoignit, vêtu d'un simple caleçon. Elle porta le verre à ses lèvres et l'embrassa en laissant le whisky inonder leur bouche.

- Vous êtes plutôt pas mal non plus, monsieur Antoine !

Sans regarder la table de chevet, elle posa discrètement le verre et lui passa la main sur le torse. Il devinait ses mamelons durs sous son corsage et les prit en pleine bouche, chacun leur tour. Elle se laissa aller en arrière sur l'oreiller, lui offrant sa poitrine gonflée.

Elle le renversa rapidement sur le dos, et, assise à califourchon sur son ventre, retira sa chemisette. Elle avait des seins lourds et fermes. Il ne remarqua pas le changement dans ses yeux, cette lueur soudaine sortie du plus profond de son âme. Elle le domina en le maintenant entre ses cuisses musclées. Son désir s'était transformé en une soif féline. Elle lui immobilisa les bras sur l'oreiller, juste au-dessus la tête, mettant en contact ses seins avec sa bouche. Il les suça l'un après l'autre. Elle remonta ses hanches le long de son corps jusqu'à lui emprisonner la tête entre ses cuisses, lui offrant ainsi sa toison. Son odeur l'enivra. Il lui lécha le sexe et la pénétra avec la langue. Elle aimait cela. Elle se cabra en arrière et glissa une main dans son caleçon, libérant son sexe dressé. Elle entreprit de long va-et-vient de plus en plus rapide alors qu'il lui prenait les seins en les malaxant vigoureusement. Il essaya de la retourner, mais elle le tenait fermement. Puis, telle une lionne, elle se retourna en le chevauchant à nouveau, lui offrant toujours son sexe alors qu'elle prenait le sien dans sa bouche. Après ces préliminaires plutôt toniques, elle pivota en lui maintenant le torse appuyé de sorte qu'il ne puisse changer de position. Il se sentait complètement sous son contrôle et n'osa pas prendre le dessus, ni parler préservatif. Elle s'assit sur lui en le guidant d'une main habile jusqu'à ce qu'il la pénètre jusqu'à la garde. Ils lâchèrent tous deux un gémissement. Restant droite et prenant appui de ses deux mains sur sa poitrine, elle entama de grands mouvements du bassin. Elle montait et descendait avec frénésie. Ce n'était plus la même femme posée et douce qu'il avait rencontrée au bar, non, celle-ci était animale et déterminée. Il n'arrivait pas à capter son regard. Il était sa chose pour une soirée. Cela lui était complètement étranger et le déconcertait quelque peu. Elle le gifla en jouissant bruyamment alors que lui-même ne pouvait réfréner son orgasme. Enfin, elle se laissa aller sur le côté le laissant complètement abasourdi. Sans qu'il s'y attende, elle se leva d'un bond, ramassa sa chemisette pourpre et alla s'enfermer dans la salle de bains.

Il était incapable de sortir le moindre son. Certes, le moment avait été intense et bon, mais il avait l'impression d'être passé sous un train, et quel train ! Les mains derrière la tête, il regardait le plafond plongé dans ses pensées. Étonnamment, il n'avait aucun sentiment de culpabilité. Il n'avait pas connu cela avec sa femme depuis des siècles et de l'avoir fait avec une autre lui apportait réconfort et satisfaction. Oui, cela lui avait plu. Ce côté sauvage, se sentir la proie d'une prédatrice, car c'était bien de cela dont il était question. Cette femme l'avait emmené loin de la foule pour le dévorer, pour le prendre comme elle en avait l'envie, sans se préoccuper de lui. Elle était dans l'urgence, elle avait faim, oui, c'est bien cela qu'il ressentait, elle l'avait dévorée comme on dépèce un gibier. Il était là maintenant, gisant non pas dans une mare de sang mais de sperme. Il la vit revenir vers lui, à quatre pattes sur le lit, ses oreilles étaient celles d'une lionne ainsi que la grande queue qui dansait au-dessus de sa tête. Ses yeux étaient ceux d'un fauve. Il vit ses dents anormalement longues briller dans l'obscurité quand, sans qu'il puisse réagir, elle se jeta sur lui et les lui planta dans la gorge. Il se redressa d'un bond, la bouche ouverte d'un cri qui n'avait pas trouvé de sortie. Il avait dû s'assoupir.

La chambre était légèrement éclairée par un halo de lumière qui filtrait de la porte de la salle de bains restée entrouverte. Il se leva et ne trouva personne. Quelle étrange femme pensa-t-il.

Quelqu'un frappa à la porte, et il pensa que, prise de remords par un départ aussi précipité, elle revenait vers lui.

Il ramassa le dessus de lit pourpre resté au sol et se para tel un empereur romain. À peine eut-il tourné la poignée que la porte le projeta en arrière. Enchevêtré dans sa toge de circonstance, il s'emmêla dans le drap et s'écroula en arrière sur le sol. La porte se referma violemment, laissant entrer à l'intérieur de la chambre un homme qu'il n'eut pas le temps d'identifier, aveuglé par un brumisateur. Ses yeux brûlaient littéralement, il hurla en se tenant le visage à deux mains. L'individu, fou de rage, l'empoigna par les cheveux, le releva et le projeta sur le lit où il tomba sur le ventre. L'autre lui sauta sur le dos et, à genoux de tout son poids, l'immobilisa la tête enfouie dans les draps.

- Alors, c'est là que tu l'as baisée, hein ? Tu sens encore son odeur, fumier ?

Antoine Mitral ne pouvait répondre, il avait la sensation d'étouffer car la pression sur sa colonne et sur sa tête se faisait plus forte. Sa respiration se bloqua quand un grand coup de poing le frappa au flanc droit.

- Enfoiré de merde, tu croyais que j'allais laisser passer ça ! Connard !

Les coups pleuvaient et Antoine ne pouvait se débattre. L'homme sortit une cannette de bière vide de sa poche de blouson et la lui enfonça dans le rectum avec violence.

- C'est comme ça que tu lui à fait, hein ? Enflure ! Ben tiens profite !

Antoine Mitral s'était évanoui. L'autre le retourna et lui envoya quelques coups de poing au visage, histoire de lui casser le nez, puis partit en claquant la porte.

Antoine retrouva ses esprits sur le coup des 3 heures du matin. Il avait le visage en sang, ses côtes le faisaient affreusement souffrir et il avait l'anus en feu. Il mit un temps fou à se faire couler un bain. Il fallait qu'il se détende et qu'il se nettoie. Une fois dans la baignoire, il analysa la situation du mieux qu'il put. Le mari jaloux de toute évidence ! Qu'allait-il pouvoir inventer à son épouse ? Une agression sur le parking en sortant du travail était la meilleure solution.

VI

Un couple de promeneurs avait téléphoné à la brigade de Beaune, signalant un cadavre dans une des vignes qui longeaient le chemin des grands crus à proximité de Fixin. Après de plus amples explications, le jeune brigadier Giraud, qui faisait ses premières armes à la brigade, fut envoyé sur place afin de sécuriser les lieux en attendant l'arrivée de la criminelle de Dijon qui venait d'être alertée. La région était sens dessus-dessous, touchée par une vague de meurtres sans précèdent.

Une fois sur place, notre brigadier fut guidé par le propriétaire de la vigne, accompagné de son père et d'une autre personne qui salua le gendarme d'un geste plutôt vague.

- Suivez-nous brigadier, c'est à une trentaine de mètres plus loin.

Le brigadier laissa passer les trois compères et leur emboîta le pas. Les deux anciens échangeaient à voix basse en gesticulant. Arrivé au lieu-dit, un homme, la quarantaine peut-être, était allongé le dos au sol, une flèche plantée dans le sternum. Bien évidemment, chacun pensait aux événements criminels relatés par tous les médias. Giraud n'avait jamais vu une scène de crime et ne savait pas comment gérer la situation, à part attendre l'arrivée de spécialistes.

Heureusement, peu de temps s'écoula avant qu'une Renault blanche s'annonce à l'autre bout de la vigne. Ils entendirent le claquement des portières.

- Ben, r'garde donc brigadier, v'la reste de la famille qu'arrive ! s'exclama un des deux anciens en pointant du doigt les deux personnes qui s'avançaient dans leur direction.

- Ça s'rait-y pas la Golmotte là, ou j'ai la berlue ? reprit-il en tapant le dos de son conscrit.

- Oh, ben, t'as pas la berlue le Louis, c'est ben elle.

Anita Rubence de son vrai nom, mais les anciens du village l'appelaient *Amanita Rubescens* dit la Golmotte, due au champignon du même nom, encore appelée amanite vineuse. Fille du coin, malmenée par ses concitoyens, elle était maintenant devenue la commissaire principale de la capitale, à savoir : Dijon.

- Ben tient r'garde donc, la v'la flanquée avec un coprin chevelu maintenant !

Le coprin chevelu, quant à lui, n'était autre que son coéquipier d'un mètre quatre-vingt-cinq arborant un crâne lisse comme un grain de raisin. Alors de là à penser à un autre champignon de la famille des agaricus, le *Coprinus Comatus* dit le coprin chevelu, y'avait du chemin, mais les anciens, bien évidemment, l'avaient pris à grandes enjambées.

Une fois à leur hauteur, la commissaire, peu contente de revoir la trogne de ces vieux cons, comme elle les appelait, prit ce teint vineux qui caractérisait fort bien ses sautes d'humeur, et qui confortait le diagnostic des anciens.

- Si ce n'est pas piétiner une scène de crime ça ! Mais à quoi vous pensez brigadier ?

- Ben m'dame…

- Commissaire, vous pouvez enregistrer ça au moins ? Commissaire ! Pas trop dur ? Allez Thomas, vire-moi tout ce petit monde.

Son collègue repoussa le petit groupe d'une dizaine de mètres et sortit un rouleau de rubalise jaune, afin de délimiter la scène de crime.

- Cré diou ! siffla le plus vieux, ça ne s'invente pas ça les gamins, le coprin chevelu s'appelle Thomas ! haha ! *Coprinus Tomatus* !

- Arrête René, s'étrangla le Louis, ou c'est la rougissante qui va nous mettre au panier !!

Les deux anciens se tapaient sur les cuisses en pleurant de rire, ce qui amena la commissaire à passer à l'écarlate.

- C'est comme ça que vous respectez les lieux ? Bordel, il y a un mort tout de même, non ! Vous ne pouvez pas vous tenir bon sang ! Je ne vois pas ce qu'il y a de comique ! Allez dégagez, je vous ai assez vus, vous n'avez rien à faire ici !

Le plus jeune des trois raccompagna les deux anciens dont les yeux hilares, ne distinguaient plus les contours de la vigne.

- Dis-donc, ils sont particuliers ces deux-là ! Et alors je n'ai rien compris à ce qu'ils racontaient en se foutant de ma pomme là, *« Copinus j'sais pas quoi »* Ils ne picoleraient pas sévère des fois ?

- T'inquiète, je les ai toujours connus comme ça. Quand j'étais plus jeune, ils venaient s'asseoir sur le banc, devant l'arrêt du bus scolaire, pour se payer les tronches de ceux qu'attendaient. Et vous brigadier, ils vous ont raconté quoi ?

Le brigadier Giraud avait une façon bien à lui de se mouvoir. Peut-être que le poids de la terre qui s'était colmatée sous ses chaussures y était pour quelque chose, mais cela faisait monter le mercure de la commissaire, qui avait déjà pas mal grimpé à cause des deux autres. Il n'était pas faux que la colère, qui lui était familière, lui donnait ce teint rougeoyant qui pouvait disparaître aussi subitement qu'il était apparu.

- Bon, brigadier ! Je vous ai posé une question !

- Oui, oui bien sûr madame la commissaire, je réfléchissais.

- Ben c'est ça, réfléchissez !

La Golmotte s'accroupit face à la victime et scruta la flèche aux plumes blanches et noires qui commençait à lui devenir familière.

- Ça commence à devenir très chaud cette histoire, m'est avis qu'elle va nous péter à la gueule sans trop tarder. Le préfet doit déjà vouloir couper des têtes. Faut éviter que la presse puisse prendre une photo. T'imagines ce tableau sur la une des journaux !

Qu'ils n'aient pas encore coffré ce tueur devenait chaque jour insupportable et témoignage d'incompétence, de jean-foutre et autres salamalecs, le moment idéal pour les règlements de comptes entre services et parfait pour un grand ménage. La pression grimpait aussi vite qu'un thermomètre dans le cul d'une girafe. Chacun serrait les fesses et faisait profil bas. Le maire s'inquiétait pour ses administrés qui se ruaient sur les journaux, avides d'informations. Les journalistes mettaient la barre haute, trop heureux d'avoir un sujet de niveau national. Le préfet tapait du poing et exigeait des résultats rapides. Le divisionnaire bousculé et à bout de souffle brassait l'air en faisant des moulinets avec les bras imitant, de la main droite, l'inévitable tranchant de la faucheuse horizontale.

Le coprin chevelu s'était accroupi à côté d'elle, et acquiesça.

- Tu m'étonnes ! Faut dire que ça en jette. J'imagine les titres " *Guillaume Tell, le retour* "

- Je te ferais remarquer qu'on en est déjà au troisième tome là, et que notre indien il en a déjà dégommé trois en moins de huit semaines ! On n'a rien bon sang ! Même mode opératoire, faudrait être con pour ne pas s'en apercevoir, les victimes sont toutes des hommes d'à peu près la quarantaine, bon d'accord, mais quel est le lien entre ces trois gugusses, tu peux me le dire Thomas ?

Le chevelu était en train de faire les poches du mort. Pas de papier d'identité mais une carte de crédit au nom de Guillaume Broquin ainsi que deux préservatifs.

- Tu vois, quand je te l'dis, c'est le retour du grand Guillaume !

- La ferme Thomas, j'suis pas d'humeur pour tes blagues à la con. En revanche, les préservatifs, quelque chose me dit que ce pourrait bien être notre lien.

- Quoi ? Des homos ?

- Pourquoi tu dis ça ?

- Ben, ça fait quand même deux sur trois sur qui on retrouve des préservatifs dont un qui a subi une sodomie ! Statistiquement parlant, ce n'est pas rien.

- Tu crois que ça se tient ?

- Ouais ! Imagine… Tous ces gars partent à la chasse aux beaux mâles et deviennent finalement la proie d'un autre type de chasseur. On a peut-être affaire à un prédateur homophobe.

- Jacquart avait l'air de plutôt collectionner les gonzesses, non ?

- Et les bi, t'en fais quoi ?

- Ouais, pas convaincue… Mais ce qui est sûr, c'est que ces trois-là ont l'air branchés sexe. Bon d'accord, faut ratisser toutes les petites annonces côté cul, chercher quels endroits ces trois-là pouvaient bien avoir en commun et s'introduire dans le milieu homo du coin.

- Très drôle !

- Quoi ?

- Ne me dis pas que tu ne le fais pas exprès ! Et c'est moi qui dois « m'introduire », je suppose ?

- Ah merde, v'la que je fais des vraies vannes de mecs ! D'enfer non ? Bon assez rigolé tu veux ? Faut bouger. Quand est-ce qu'ils se pointent les cow boys du labo, on n'a pas toute la nuit-là ! Ah putain, manquait plus que ça !

Une voiture de la presse locale venait de s'embourber en voulant se garer au plus près.

- Thomas, fonce, ne les laisse pas approcher.

- Mais comment y z'ont su aussi vite ?

- C'est comme les chiens avec la pisse, tu sais, ils ont vite fait de suivre la trace. Brigadier, bon dieu, ne restez pas planté là, allez lui donner un coup de main. Ah non, attendez, vous n'avez pas plutôt une couverture ou je ne sais quoi avec lequel on pourrait recouvrir le cadavre ?

- Possible, attendez, je vais voir dans la camionnette.

- Oui, ben me faites pas trop attendre, y'a urgence là.

Le chevelu était à peine à hauteur des deux journalistes que l'équipe du labo arrivait, suivie de deux voitures de la gendarmerie. Ils allaient pouvoir leur confier le bébé, d'autant que l'on commençait à ne plus rien voir.

De retour au commissariat de Dijon, le Chevelu proposa un café à sa cheffe.

- Ok, mais en face alors !

- Pas de problème, t'as raison, tant qu'à boire un café, autant que ce soit le meilleur possible, pas cette soupe infecte qu'ils nous ont installée au premier. D'ailleurs, je le péterai bien ce distributeur à l'étage.

- T'es pas malade des fois ! Laisse donc cette machine pourrie abreuver les moutons sans goût ni cervelle. Chacun trouve sa tasse là où elle doit être !

- Ouais, p't'être, mais on ne devrait quand même pas encourager les fabricants à créer des merdes pareilles. J'ai signé pour servir et protéger mon prochain, non ? J'estime que péter cette saloperie est pratiquement un devoir.

- Ça s'appelle le discernement tu vois ! Il y a plein de personnes qui adorent ce liquide brunâtre qui sort de cette machine, et ça les regarde après tout. C'est ça la diversité.

- Autrement dit, tu donnes de la merde à tes concitoyens, tu les convaincs que c'est très bon pour eux et toi tu regardes sans broncher ?

- Pourquoi, tu fais quoi d'autre, toi ?

- Ben moi, je vais aller péter cette saloperie de machine et je te retrouve au bar, dit-il en lui ouvrant la porte du Terminus.

- Ouais, tu ne sais pas, avant de sauver le monde de l'infecte tisane qui t'empêche de vivre là, ben t'en bois un avec tes frères demeurés et tu me laisse boire le mien peinard.

- Ouh là ! Il n'y aurait pas un message subliminal là ? Je ne vaux pas mieux qu'eux ? C'est ça ?

- Quoi, qu'est-ce que tu veux ? Imposer aux autres ce qui est bon pour toi ? Parce que toi, tu sais ce qui est bon ou pas pour les autres ?

- Oh ! Et puis merde, c'est juste un café cheffe !

- Je t'ai déjà dit de ne jamais m'appeler cheffe, merde ! Je ne rigole pas là.

Ils s'assirent sur des grands tabourets qui jalonnaient le bar et commandèrent deux véritables cafés. Le patron du Terminus s'exécuta en les charriant légèrement, conscient de la pression qu'ils devaient subir. C'était un drôle de type, la cinquantaine, plutôt sympa et bel homme, toujours d'humeur égale. Il adorait le cinéma, les actrices, les acteurs. Lui-même voulait être comédien, disait-il à qui voulait bien l'entendre. Mais, visiblement, son père, tavernier de son état, n'avait pas envisagé son avenir du même œil. « T'as autre chose à faire que d'aller amuser les bourgeois », lui avait-il répondu d'un ton sec de patriarche qui ne laisse aucune place à la discussion. Alors, le temps passant, faute de n'avoir su lutter, il était aujourd'hui au Terminus.

Certains le toisaient en lui faisant remarquer que si sa vie n'était pas sur les planches, elle finirait tout de même par une histoire de planches, fallait savoir attendre ! Faut dire que le Terminus brassait une de ces faunes particulièrement sélectives, une de celles qui font la richesse de ces lieux populaires qui devraient être épinglés à l'Unesco comme patrimoine culturel. Les habitués de la première heure avaient confondu le comptoir du Terminus avec celui d'un guichet de gare. Ils s'y retrouvaient, à attendre un train imaginaire, qui n'arriverait jamais d'ailleurs et qu'ils n'attendaient plus de toute façon. Ils avaient bien une petite idée de la destination, mais c'était il y a bien longtemps maintenant, et puis il était trop tard, alors qu'il y a peu de temps encore, c'eût été trop tôt. Finalement, les deux aiguilles qui tricotaient le temps au-dessus du bar, avaient eu raison de leur lassitude et après tout, qu'il y ait des rails ou pas, cela n'avait plus d'importance. Pour d'autres, c'était le terminus d'un parcours un peu flou qui sonnait comme le glas d'une fin de voyage qui allait les emmener indéniablement à la case prison, sans passer par la case départ.

« Dijon, Dijon, dix ans d'arrêt, tout le monde descend ! »

Enfin, chacun buvait et semblait choisir le café qui lui convenait, c'est comme ça et puis c'est tout, conclut la Golmotte dont les stores commençaient à descendre.

- J'adore toutes ces photos de cinéma, reprit le Chevelu en sucrant sa tasse.

Faut dire que le patron avait mis le paquet, on ne savait pas s'il y avait de la peinture ou du papier-peint sous les photos. Elles se chevauchaient littéralement. Gabin fréquentait Jean Dujardin, Blier conversait avec Gérard Philippe et Louis Jouvet piquait les cravates de Guillaume Gallienne. Manquait plus que le taulier roulant une pelle à la Garbo.

Èvidemment, pas mal de théâtreux, comme disent certains, ou certaines, squattaient l'endroit même si le commissariat d'en face faisait tache dans le décor. La salle de répète d'un théâtre voisin étant toute proche, le rendez-vous des intellos, philosophes et dragueurs de tous poil, s'était fait tout naturellement.

- Tu la vois la diversité là, du haut de ton tabouret, c'est ça la richesse, tu voudrais changer ça que tu ne pourrais pas y faire grand-chose de toute façon ! insista la commissaire.

- Bon allez dodo, demain on y verra plus clair.

- Alors là, pas sûr !

- Faudrait qu'on fouille un peu sur notre nouveau macchabé. D'après ce que j'ai pu comprendre des propos du petit groupe de comiques qui l'on découvert, il aurait acheté une vieille bâtisse à la sortie du patelin il n'y a pas très longtemps. Personne ne le connaissait vraiment, il venait d'arriver et effectuait des travaux depuis quelques semaines.

- Ouais, tu auras qu'à faire comme ça, moi, je dois aller rendre des comptes au grand serein.

VII

La petite voiture rouge s'arrêta sur le parking juste en face de l'entreprise Vidal chauffage. Jean-Luc leva la tête machinalement et ne remarqua pas particulièrement ce véhicule dont les portes s'ouvraient automatiquement en coulissant le long de la carrosserie.

Encastrée entre un buraliste et une boulangerie, la vitrine accueillante de son entreprise lui donnait plutôt l'apparence d'un petit commerce. Autant dire que des voitures qui se garaient sur le parking n'avaient, pour lui, rien d'exceptionnel. Cependant, la femme qui en sortit, les lèvres aussi rouges que la peinture de la carrosserie aurait dues le faire réagir. Il était trop concentré sur ses fiches informatiques. La portière se referma derrière elle, en coulissant lentement, épousant le rythme de la grille du marchand de journaux qui s'abaissait, fidèle au rituel de chaque fin de journée. Elle tambourina du bout des doigts sur la vitrine pour attirer son attention. Il releva la tête de derrière le comptoir d'accueil du secrétariat.

La surprise se lut sur son visage dont la bouche resta entrouverte, ce qui la fit sourire. Elle agita les doigts comme pour dire « Coucou, ce n'est que moi ! »

Il referma la bouche aussi sec et alla ouvrir la porte qu'il avait fermée à clés. Un parfum de chèvrefeuille pénétra aussitôt dans la boutique.

- Je sais qu'il est tard, mais je passais devant et comme vous semblez m'avoir oubliée !

- Je suis ravi de vous voir, ne croyez pas un instant que j'aie pu vous oublier.

- Vous me flattez n'est-ce pas ?

Il rougit légèrement et referma la porte sans oser en tourner la clé.

- Venez, allons-nous asseoir dans mon bureau, nous serons mieux installés.

Elle contourna le comptoir qui séparait le secrétariat de l'aire d'accueil, découvrant une pile de papiers impressionnante.

- Je vous dérange, je suis désolée.

- Non, non, pas du tout, j'étais en train de préparer les feuilles d'interventions pour demain.

Il poussa la porte en verre dépoli face à un bosquet de plantes vertes et la laissa entrer.

- Votre agence est très accueillante, lui dit-elle.

- Merci, j'aime travailler dans un cadre agréable.

Il l'invita à s'asseoir et s'installa en face d'elle.

Son cœur s'emballa légèrement en prenant conscience de cette nouvelle intimité.

Elle savait qu'elle le trouverait seul à cette heure, il n'en doutait pas une seconde. De toute évidence, cette femme l'attirait et il lui semblait qu'elle n'était pas, non plus, indifférente à son charme.

- Vous me deviez un devis ! commença-t-elle.

- J'avais prévu de vous l'apporter et par le fait, je n'ai pas pris le temps de le terminer.

- Bien, vous ne m'avez donc pas oubliée !

- Comment le pourrais-je ? répondit-il spontanément, conscient de s'être un peu trop découvert.

Loin d'être troublée, elle le regarda droit dans les yeux et sourit tendrement.

- Soit ! Vous n'aurez qu'à me l'apporter. Dans ce cas, laissez-moi vous offrir un verre. J'ai vu qu'il y avait un petit bar juste en face, de l'autre côté de l'avenue !

- Ce n'est pas habituel qu'une cliente m'invite à sortir boire un verre !

- Je vous choque ? dit-elle ennuyée.

- Pas du tout, au contraire, j'apprécie votre spontanéité et votre naturel. Allez d'accord, mais c'est moi qui vous invite.

- Hors de question, vous n'aviez qu'à vous décider avant. Les femmes peuvent très bien inviter un homme que je sache.

- Féministe ?

- Femme, tout simplement.

Il attrapa sa veste accrochée au porte manteau et sourit de plaisir. Elle se leva et passa devant lui. Elle était habillée sans artifice, mais très classe. Le col en fourrure noire de son manteau se mêlait à ses cheveux et relevait la couleur de ses yeux. Une jupe noire cintrée arrivant mi-cuisses et des collants foncés la rendaient mystérieuse et désirable. Elle semblait habituée de l'effet qu'elle produisait sur les hommes et elle ne semblait ni en jouer ni en abuser. Elle était belle, et c'était comme ça.

Ils traversèrent l'avenue et entrèrent dans le café, où il mettait les pieds pour la première fois. L'intérieur était tout en boiserie, un bar entouré de tabourets hauts occupait le centre, et des petites tables parsemées avec harmonie occupaient le reste de l'espace. Des petits éclairages tamisés agrémentaient chaque table. Ils s'y sentirent bien et s'installèrent un peu à l'écart. Quelques habitués discutaient avec la patronne alors que d'autres s'étaient retournés sur leur siège pour mieux regarder la jolie brune qui venait d'entrer.

- C'est très agréable ici, vous ne trouvez-pas ?

- Oui, très, même s'ils n'ont pas l'habitude d'y voir de jolie femme apparemment !

- C'est la deuxième fois que vous me complimentez, je vais finir par rougir !

- Excusez-moi, mais de toute évidence, vous ne laissez pas les hommes insensibles.

- Est-ce votre cas ?

- Cette fois, c'est moi qui vais rougir !

- Oh ! Je suis certaine qu'il vous en faut davantage ! Mais, vous ne m'avez pas répondu !

- Y a-t-il besoin que je vous réponde ?

- Eh bien, oui, j'aimerais l'entendre !

- Vous êtes directe vous au moins.

- Cela vous déplaît ?

- Pas le moins du monde, comme je vous l'ai dit, j'aime votre spontanéité.

- Vous ne m'avez toujours pas répondu !

- Monsieur-dame, interrompit la patronne qui s'était approchée discrètement, qu'est-ce que je vous sers ?

- Un martini blanc, s'il vous plaît.

- Et pour le monsieur ?

- Eh bien, pourquoi pas, la même chose je vous prie !

- C'est entendu, deux martinis blancs.

- Alors, où en étions-nous ? reprit-elle amusée.

- Vous le savez très bien !

- Pas du tout !

- Vous êtes joueuse avec ça ?

- J'adore le jeu.

- Vous jouez avec moi, c'est cela ?

- Vous vous égarez, je vous promets. Je vous taquine un peu c'est tout. Vous m'en voulez ?

- Non, je suis stupide, excusez-moi.

La patronne revint avec un plateau et leur servit leur collation, accompagnée d'une petite coupelle garnie d'olives de différentes couleurs. Elle s'éloigna. Il attrapa un des deux petits pics en bois et transperça une olive qu'il porta à sa bouche. Elle l'imita et prit son verre.

- Trinquons aux dieux du chauffage !

- Vous êtes croyante ?

- Cela dépend de comment on voit les choses. Je dirais que je crois aux forces naturelles et que la nature est le plus beau livre d'enseignements qui soit.

- Comme c'est bien dit. Et un dieu pour orchestrer tout ça ?

- Ouh là ! Très peu pour moi. Pourquoi, c'est votre truc ? Je n'ai pas l'impression, et je crois être assez intuitive.

Mais, peut-être que l'accident de votre épouse vous a rapprocher de tout ça ?

- Non, au contraire, si dieu il y avait, comment aurait-il pu orchestrer, comme vous dites, une telle atrocité ! Non je ne ressens pas le besoin de me raccrocher à quoi que ce soit du genre. Je crois en la vie, point. Après, on verra bien.

- Il y a longtemps que c'est arrivé ? Pour votre femme je veux dire. Mais, vous n'avez certainement pas envie d'en parler, excusez-moi.

- Non Murielle… Je peux vous appeler Murielle ?

- J'en suis ravie Jean-Luc.

- Estelle, notre fille, avait trois ans à l'époque, elle en a huit maintenant.

Elle reposa son verre brutalement et posa sa main sur la sienne restée à plat sur la table.

- Mon dieu ! ça a dû être vraiment éprouvant ! Je suis tellement désolée pour vous. Et votre fille, parlez-moi de votre fille, vous voulez bien ?

Il ne dégagea pas sa main, au contraire, il la retourna et serra tendrement celle de Murielle. Il approcha son visage par-dessus la table et il la regarda dans les yeux.

- Pour répondre à votre question, je suis de plus en plus sensible à votre charme !

VIII

Anita Rubence n'était pas de bonne humeur. Le grand serin l'avait seriné et elle n'aimait pas ça. Trois homicides en si peu de temps, plus la curée médiatique, la pression des politiques, tout cela commençait à tourner au vinaigre. La commissaire n'en était pourtant pas à sa première affaire, elle savait encaisser et gérer des situations houleuses, affronter des tempêtes, mais un serial killer, Never ! D'autant plus que pour la région, c'était une première.

Elle ne disposait d'aucun indice sérieux, pas d'empreinte, aucune trace ADN, rien, si ce n'est que toutes ces victimes avaient un sérieux point commun, une flèche… un carreau, diront les experts. C'est comme cela que l'on nomme une courte flèche provenant d'une arbalète. Qui pouvait être assez cinglé pour se balader avec un truc pareil ? Ce n'est pas pratique une arbalète, pas discret ! Pourquoi ce choix ? Ce n'était vraiment pas commun cette façon d'éliminer son prochain, pensait-elle. À ce stade de l'enquête, elle n'avait trouvé aucun lien entre ces trois personnes, excepté qu'ils appartenaient tous à la gent masculine. Connaissait-il ses victimes ou les choisissait-il au hasard ? Était-ce « il » ou « elle » d'ailleurs ? « Il » certainement. Les femmes ne tuent pas de cette façon, elles préfèrent les méthodes plus douces, le poison principalement.

L'histoire judiciaire ne relate d'ailleurs que très rarement des affaires de serial killer femme. Non, il s'agissait certainement d'un homme. Une exécution d'une telle violence, c'était forcément masculin. Au Moyen Âge, se disait-elle, les femmes ne tiraient déjà pas à l'arbalète, c'était la mode pourtant ! Et puis, il transpirait de ces flèches aux plumes blanches et noires, une signature des plus viriles ! « Coucou, c'est encore moi ! » Une véritable provocation !

La commissaire avait fait le tour de toutes les armureries et de tous les clubs de tir de la région sans trouver la moindre piste sérieuse. Cependant, elle avait appris des choses intéressantes comme, « comment recharger une arbalète ? » ou encore, « quelle puissance faut-il pour traverser un corps humain ? » Un professeur de tir à l'arc lui avait expliqué qu'à partir d'une certaine charge, exprimée en livres, la tension de la corde était telle, qu'il fallait une manivelle pour pouvoir bander l'arbalète. Encore un terme bien masculin mais qui n'étayait en rien ses conclusions. La démultiplication des forces exercées par la manivelle démontrait pourtant qu'une femme était tout à fait capable de tendre une arbalète ! Oui, mais non ! Ça puait la testostérone ce truc-là ! C'était un truc de mec, un truc de connard qui se prenait pour Guillaume Tell, comme disait le Chevelu.

Lui non plus, d'ailleurs, n'avait pas perdu son temps. Il s'était rendu à la morgue et avait harcelé le légiste pour avoir ses premières constatations. Elles étaient plutôt maigres, l'homme était mort sur le coup, point. Il portait de nombreuses ecchymoses au visage, comme ses prédécesseurs, mais pas de traces de sodomie cette fois. Cela ne l'avançait guère. Il était retourné au commissariat et avait relu les autres rapports d'autopsies concernant les deux premières victimes, mais il n'avait rien trouvé de particulier qui puisse le faire avancer, à part peut-être, qu'ils avaient tous reçu des coups. Mais, d'après le légiste, bien avant de passer de vie à trépas. Ensuite, le rapport sur la deuxième victime stipulait qu'il n'y avait aucune trace de sperme ou de latex malgré qu'il y ait eu sodomie.

Intrigué, il était retourné interroger l'épouse de ce dernier, et s'était un peu attardé sur les préférences sexuelles du mari, espérant lui soutirer quelques éclaircissements. Face à de telles questions, l'épouse, encore sous le choc, l'avait flanqué à la porte sans ménagement. Bref, il était revenu au point de départ.

L'horloge indiquait 17 heures 30 quand les quatorze agents affectés à l'affaire, s'installèrent dans la salle de débriefing, où la commissaire les avait convoqués. Les conversations allaient bon train, et tous attendaient la Golmotte. L'histoire avait fait le tour du commissariat et tout le monde avait adoré le surnom qui lui avait été donné. Anita Rubence entra dans la salle suivie de Thomas, l'inspecteur principal, et le silence se fit aussitôt.

Elle avait indéniablement un côté masculin et une autorité naturelle qui lui valait un certain respect. Personne n'aurait osé prononcer ce surnom en sa présence sans redouter les chiens de l'enfer ! Pourtant, elle affichait une certaine féminité. Mais, ce n'était pas, il est vrai, ce qui ressortait de sa personne au premier abord. Ses cheveux roux bouclés et abondants formaient, au-dessus de sa tête, une espèce d'auréole de feu qui rappelait ces tankas tibétaines représentant quelque divinité courroucée qu'il valait mieux ne pas croiser. Ses sourcils, très fournis et de teinte semblable, renforçaient cet aspect redoutable, faisant ressortir le côté globuleux de ses yeux qui pourtant, n'étaient pas spécialement proéminents. La nature ne l'avait pas prévue plus grande qu'un mètre soixante, mais son embonpoint équilibrait le tout et la rendait robuste. Une force évidente émanait d'elle surtout quand elle ouvrait la bouche. Sa voix ne laissait aucune chance aux autres, un véritable trou noir absorbant toutes les énergies alentours.

- Bon !, commença-t-elle, Fisher et Legrand, ça a donné quoi les bars homos ?

Redoutant que de ses yeux, sortent des éclairs, Legrand, le plus téméraire mais malgré son patronyme, le plus petit, se lança.

- Pas grand-chose commissaire ! Personne n'a réagi aux photos, certains allaient jusqu'à dire qu'ils n'avaient pas le profil de la maison !

- C'est-à-dire ?

- Ben, vous voyez bien quoi !

- Et l'équipe sur le voisinage, quelque chose d'intéressant?

- Guère plus commissaire… À part que pour Jacquart, vous savez le prof de gym, le premier… les voisins semblent unanimes sur le fait qu'il sortait beaucoup le soir et, qu'au petit matin, ce n'était jamais la même nana qui sortait de chez lui.

- D'où le préservatif retrouvé dans ses poches… conclut la commissaire. Autre chose sur les deux autres ?

- Pour le dernier, Broquin, celui qu'avait aussi un préservatif dans ses poches, il venait de s'inscrire au club de tir à l'arc de la Colombière.

- Je confirme commissaire, attaqua un petit gros en levant la main, Denis et moi on s'est coltiné tous les registres des clubs de la région, comme vous nous l'aviez demandé, et il s'agit bien de Guillaume Broquin.

- Ça, c'est intéressant ! Et depuis combien de temps ? gronda-t-elle.

- Trois mois !

- Perrin, je veux la liste de tous les adhérents de ce club sur mon bureau, et rapidos !

- C'est déjà fait patronne.

- Bon ! Parriot, vous vous concentrez là-dessus avec Corinne. Vous prenez une licence, vous jouez au petit couple sympa et vous liez connaissance avec ce petit monde, ok !

- Ok chef, et on cherche quoi exactement ?

- Vous fouinez Parriot, je ne vais quand même pas vous apprendre votre boulot, non ? En plus, des entraînements de tir ne vous feront pas de mal d'après ce que j'ai compris ! Bon, Thomas, je crois que tu as quelque chose côté légiste.

- Ouais, mais ce n'est pas top. D'après les premières constatations de l'autopsie, la victime a été passée à tabac. On peut donc confirmer que tous les trois se sont faits dérouiller entre deux ou trois jours avant qu'on ne les retrouve embrochés. Peut-être qu'on devrait aussi prendre une licence dans les clubs de boxe, je vois bien Renaud sur ce coup-là !

Des rires fusèrent dans toute la salle et Renaud adressa un doigt d'honneur au Chevelu. Les rires redoublèrent.

- Ça va les gars, on se calme. Je sais qu'on est tous à cran, mais on reste concentrés, d'accord ! C'est important, ce point est déterminant, c'est certain. Il faut trouver le lien. Qu'ont dit les proches sur les ecchymoses ?

La salle redevint calme et l'inspecteur Pradel prit la parole.

- Rappelez-vous, pour le deuxième, l'informaticien, Antoine Mitral, sa femme nous avait dit qu'il s'était fait agresser à la sortie de son travail, alors qu'il sortait tard. Le parking était dans le noir et en s'approchant de sa voiture, deux gars lui étaient tombés dessus. Bizarre mais plausible !

- Vous retournez sur son lieu de travail et vous interrogez tous ses collègues sur cette histoire et voyez ce qu'il en ressort. Ensuite ?

- Pour Jacquart, notre prof de gym, en retournant dans le voisinage, un type qui habite un peu en surplomb se souvient que la dernière conquête qu'il a vu sortir de la maison était une jolie femme brune dans une petite voiture rouge. Il s'en rappelle bien parce que la voiture avait les portières qui ne s'ouvraient pas comme les autres.

- Pas d'immatriculation ?

- Non, il regardait plutôt la nana, je crois ! Mais Jenlain est sur le coup et on connaît déjà le modèle du véhicule, une Peugeot 1007, il n'y en a pas quinze mille. Par contre des rouges, y en a quelques-unes. On est dessus.

- Bon ok, tenez-moi au courant dès que vous retrouvez la nana, comme vous dites, quoi d'autres ? Ducreux, les comptes bancaires ça donne quoi ?

- Le club de tir de la Colombière, mais c'est déjà vu, heu…Ah oui ! mais c'est peut-être rien…

- Dites toujours Ducreux !

- Une corrélation entre le prof de gym et notre nouveau. Tous les deux fréquentaient une boîte de nuit appelée la Salsa. J'ai plusieurs paiements en carte pour le premier et deux pour Broquin.

- Thomas, c'est pour toi ça !

- Ok, j'en fais mon affaire.

- Bon, on a du pain sur la planche, tout le monde au boulot. Demain même heure.

La Golmotte saisit le Chevelu par le bras alors que tout le monde se ruait vers la sortie.

- Dis donc Thomas, tu ne crois pas que c'est un bar homo la Salsa ?

- Ben pas que je sache, mais je ne suis pas spécialiste commissaire !

- Ne te braque pas, mais plus j'y pense plus il y a un truc qui ne colle pas avec le côté homo.

- C'est-à-dire ?

- J'sais pas, mais j'le sens pas !

- Ben figure-toi, moi non plus. J'ai relu les nouveaux rapports, et il n'est pas mentionné la moindre trace de lubrifiant, de sperme de latex ou de quoi que ce soit d'autre, si ce n'est …

- Quoi ? Accouche tu veux !

- Des traces de bière !

- Tu veux dire qu'on lui aurait…

- C'est pas moi qui le dis, c'est le légiste. Reste plus qu'à savoir si c'est pour le plaisir ou pour faire sauter la capsule…

- Hmm !! Subtil ! Délicat même, je dirais !

- Bon, je vais aller faire un tour à la Salsa ce soir. On en saura peut-être plus. Tu m'accompagnes ?

- Je ne voudrais pas gâcher tes chances d'emballer une blonde !

- Je n'ai rien contre les rousses !

- De mieux en mieux, bon, tu m'appelles si tu trouves quelque chose.

IX

À leur dernier rendez-vous, Jean-Luc et Murielle étaient tombés d'accord pour aller au cirque avec Estelle. Ils s'étaient incontestablement pris d'affection l'un pour l'autre. Puisqu'il s'était complètement consacré à sa fille et à son entreprise depuis le décès accidentel de son épouse, Jean-Luc n'avait pas même envisagé rechercher une compagne. Quant à Murielle, la gentillesse et le naturel de ce garçon l'attiraient irrésistiblement. Comme si un tel homme ne pouvait pas exister ! Elle n'avait jamais rencontré quelqu'un comme lui, attentionné, retenu et très attentif à la relation avec autrui, un être à part pensait-elle. Rencontrer Estelle, la fille de Jean-Luc, l'intriguait. Elle qui ne pouvait avoir d'enfant… qui n'avait pas réussi à en avoir avec son ex en tout cas, se demandait comment s'y prendre avec les enfants. Qu'un homme ait pu élever seul sa fille la laissait admirative. Décidément, cet homme n'était pas ordinaire. Les hommes qu'elle avait côtoyés jusqu'alors, ne pensaient qu'à la baiser ou à lui soutirer du fric ! Lui, il lui avait même fait une réduction et n'avait jusque-là, pas même essayé de l'embrasser ! De plus, sa vie avait été brisée par un chauffard et il restait positif, sans en vouloir à la terre entière. Elle voyait en lui une véritable force et grandeur intérieure.

Le cirque Medrano avait dressé son énorme chapiteau, sur une place prévue à ce genre de manifestation, derrière le palais des congrès. Une fête foraine avait également installé ses attractions à quelques dizaines de mètres de là. Ils avaient prévu de se retrouver au pied de la grande roue à 18 heures, soit une bonne heure avant le spectacle. Estelle était très excitée à l'idée de cette soirée sans savoir que son père allait lui présenter quelqu'un. C'est seulement dans la voiture, pendant le trajet qui les conduisait à la fête, qu'il se décida à lui annoncer la rencontre avec Murielle.

- Pourquoi ?

- Parce que c'est une amie, tout simplement.

- Quel âge elle a ?

- Plus près du mien que du tien, ça c'est sûr !

- Elle vient avec un enfant ?

- Non, je crois qu'elle n'en a pas.

- Pourquoi elle vient alors ?

- Parce que le cirque c'est aussi pour les adultes, tu sais !

- Ah bon !

- Et puis aussi parce qu'elle a envie de te rencontrer.

- Pourquoi ?

- Parce que je lui ai beaucoup parlé de toi.

- Pourquoi ?

- Parce que je t'aime chérie, c'est tout.

- Et toi, tu l'aimes ?

- Peut- être.

- Comment ça peut-être ? Tu ne sais pas ?

- Il faut du temps pour connaître et aimer quelqu'un tu sais, et je ne la connais pas depuis très longtemps.

- Alors pourquoi tu l'as invitée au cirque avec nous ?

- Ben justement, pour mieux la connaître.

Après avoir trouvé une place pour se garer, ils descendirent du véhicule et continuèrent à pied.

- Je pourrais monter dans la grande roue ?

- Alors ça ma chérie, ce n'est pas sûr du tout.

- Pourquoi ?

- Parce qu'il faut être plus grande pour pouvoir monter dedans. C'est dangereux et impressionnant.

- Je n'ai pas peur !

- Parce que tu n'es pas tout en haut. Tu as l'impression que les gens sont tout petits et ça te donne le vertige.

- C'est quoi le vertige ?

- C'est quand tu sens que tu peux tomber dans le vide.

- Parce qu'on n'est pas attachés ?

- Si justement, il y a une barre en métal qui te bloque sur ton siège, et pour ça, faut être plus grande, sinon tu risques de glisser.

- Ce n'est pas juste !

Il repéra Murielle immédiatement au milieu de la foule et sentit son cœur s'emballer. Cette femme lui plaisait, il n'y avait aucun doute. Comme attirée par son regard, elle pivota sur elle-même et leur fit signe de la main.

- C'est elle ?

- Oui, c'est elle et elle s'appelle Murielle.

- Qu'est-ce qu'elle est belle.

- Elle te plaît déjà je vois. Tu vas voir, elle est très sympa.

Qu'elle plaise à sa fille au premier abord, le détendit. C'était important pour lui qu'elles s'entendent bien.

- Estelle, je te présente Murielle.

- Bonjour Madame.

- Tu es ravissante, répondit Murielle en pliant les genoux pour être à sa hauteur. Je peux t'embrasser ?

- Ben oui, je veux bien. C'est vrai que je ne peux pas monter dans la grande roue ?

- C'est ce que t'a dit ton papa ?

- Oui.

- Alors c'est que c'est vrai ! Tu ne crois pas ?
- Si.

Elle s'en sortait très bien et elle avait vraiment le feeling avec Estelle. Jean-Luc était ravi, car il appréhendait un peu la réaction de sa fille. Mais, tout se passait le plus naturellement du monde. Murielle se releva et sourit à Jean-Luc comme pour le rassurer. Elle prit la main d'Estelle dans la sienne et se dirigea vers un stand.

- Viens, tu vas voir, il y a plein d'autres choses pour s'amuser.

Jean-Luc les suivit en les observant, elles étaient déjà complices.

Après avoir dépassé les auto- tamponneuses, indémodable, ils arrivèrent à proximité d'un manège. Cette fois c'est Estelle qui prit l'initiative en tirant Murielle par la main.

- Waouh !! Une licorne !

Jean-Luc alla directement au guichet acheter des tickets. Quand il revint vers elles, Estelle était déjà à califourchon sur la licorne caressant l'animal en résine. Les pieds calés dans les étriers, elle tenait la bride avec assurance.

- Elle est déjà montée à cheval ? demanda Murielle surprise.

- Je l'emmène souvent au poney- club de Messigny, elle adore ça. Cela fait deux ans maintenant qu'elle pratique l'équitation, ils organisent même des balades en forêt.

D'autres enfants étaient restés en place attendant un deuxième ou troisième tour. Les places encore vides se remplirent rapidement, assaillies de toutes parts. L'homme qui tenait le guichet passa entre les différentes montures en attrapant à la volée les tickets que les enfants tendaient à bout de bras.

- Attrape le pompon ma puce, tu sais ?

- Je vais essayer papa !

Le manège se mit en mouvement faisant osciller la licorne de haut en bas. Alors qu'Estelle s'éloignait progressivement, Jean-Luc et Murielle se surprirent à lui faire un signe de la main, comme si elle partait en voyage. Ils rirent de la situation et reculèrent de quelques pas. Ils renouvelèrent leur signe de la main quand Estelle passa devant eux, un sourire illuminant son visage.

- Elle est adorable, Jean-Luc, tu as vraiment une petite fille charmante ! Oh ! Excuse-moi, mais on peut se tutoyer non ! Qu'est-ce que tu en penses ?

- Pas de problème Murielle et merci du compliment, je suis très fier d'elle, c'est vrai.

- C'est de toi que tu peux être fier. Je suis très impressionnée et admirative de la façon dont tu as dû l'élever pour la tirer de ce cauchemar qui aurait pu la rendre triste à jamais. On ressent une telle joie de vivre chez elle. Je te jure, c'est admirable !

- Elle est tellement facile à vivre tu sais !

Murielle renouvela un signe de la main et Estelle le lui rendit.

- Tu n'as jamais songé à te remarier ?

- J'avoue m'être réfugié dans le travail. En fait, je ne suis pas sorti comme on le fait en ce moment depuis une éternité.

- Alors je suis heureuse d'avoir ce privilège.

Elle lui prit la main et il ne la repoussa pas, bien au contraire, il lui caressa les doigts du bout des siens. Elle lui sourit. L'endroit n'était pas idéal pour s'étreindre, mais tous deux en avaient le désir. Ils se retinrent.

Des cris fusèrent lorsque le pompon apparut au milieu du manège. Les enfants, hystériques, essayaient de l'attraper. Estelle n'eut pas l'occasion de s'en saisir.

- Et toi, se lança Jean-Luc, pourquoi n'es-tu plus avec ton mari ? Si cela n'est pas indiscret évidement ?

- C'est compliqué, on se connait depuis l'adolescence et c'est arrivé naturellement sans même sans rendre compte. Mais, les années passant,

Patrice est devenu suspicieux et jaloux. Cela est vite devenu insupportable. Son comportement s'est transformé au fil du temps et il a finalement sombré dans la violence et l'alcool. J'ai dû m'éloigner puis rompre.

- Mais tu es toujours mariée ?

- Oui, c'est vrai, on est séparé depuis plus d'un an. Ce n'était pas possible d'aborder le sujet du divorce à l'époque. Maintenant je pense que cela devrait être beaucoup plus envisageable.

Le manège ralentit progressivement jusqu'à l'arrêt. Estelle n'était pas dans leur champ de vision et ils durent contourner le manège pour la retrouver sur sa licorne. Jean-Luc lui redonna un ticket pour un deuxième tour.

- Cette fois je vais l'attraper papa, tu vas voir !

Elle était très excitée. Le manège s'ébranla à nouveau et prit lentement de la vitesse.

- Pour en revenir à ton mari, il te frappait ?

- Non, il ne s'en est jamais pris à moi, mais je n'étais pas rassurée pour autant.

- Il vit dans la région ?

- Oui, il tient un garage automobile à Til-Chatel, c'est à quelques kilomètres au nord.

- Et, il ne cherche pas à te revoir ?

- Non, rassure-toi, tout cela est bel et bien derrière moi.

Estelle venait d'attraper le pompon et criait de joie en exhibant son trophée.

- Papa, papa, Murielle, regardez je l'ai attrapé !

Elle eut droit à un troisième tour gratuit, elle garda la licorne. Jean-Luc et Murielle trouvèrent un banc libre où ils purent s'asseoir tout en ayant un œil sur le manège.

- Tu sais, j'aurais tellement aimé avoir une fille comme Estelle. Partager cela avec toi me laisse entrevoir ce qu'aurait pu être ma vie.

- C'est à cause de cela que ton mariage a dérapé ?

- Certainement, en fait, c'est lui qui ne pouvait pas avoir d'enfant. De mon côté, les médecins m'ont affirmé qu'il n'y avait pas de problème. Je crois que c'est cela qui l'a miné tout doucement. Souvent, dans ses accès de colère, il me disait de trouver un autre homme, que je n'avais qu'à partir. Il avait fini par se convaincre lui-même. C'était insupportable ! Le pire, c'est qu'il redoutait par-dessus tout que je le prenne au mot. C'est finalement ce qui est arrivé.

- Je comprends, ça n'a pas dû être facile.

- Je n'avais pas d'autres choix. Allez, viens on tourne la page, ce soir on fait la fête.

Le manège s'était arrêté et Estelle courait vers eux. Murielle lui acheta une barbe à papa et ils se dirigèrent vers l'entrée du cirque où trônait une énorme affiche annonçant les contes des *Mille et une Nuits*.

Estelle s'installa entre eux deux sans lâcher la main de Murielle. Le chapiteau mit beaucoup de temps à se remplir mais elles n'avaient pas l'air de trouver cela si long. Elles se parlaient à voix basse et riaient ou encore montraient du doigt quelque chose ou quelqu'un. Puis, enfin, les lumières s'éteignirent et le noir prit possession des lieux. Une musique orientale envahit l'espace au rythme d'une lumière bleutée qui, telle une brume enchanteresse, montait lentement de la piste. Une clameur s'éleva à l'unisson des enfants émerveillés. Estelle appuya sa tête contre le bras de Murielle qui envoya un petit clin d'œil à Jean-Luc qui se sentait un peu délaissé. Il les observa plus qu'il ne regarda le spectacle. Parfois, un éclair de lumière lui laissait entrevoir le visage de Murielle. Il crut apercevoir quelques larmes sur ses joues.

X

La dernière édition du journal local, *Le Bien Public*, n'était pas tendre avec la commissaire Anita Rubence. Il faut dire que ses rapports avec le monde journalistique du coin n'étaient pas au top. À force de les envoyer paître, ceux-ci ne manquaient pas une occasion de lui tailler un costard.

Tous les inspecteurs avaient lu l'article avant de se présenter à la salle de débriefing, mais pas un, à part Thomas, n'aurait osé y faire allusion.

C'est elle qui aborda le sujet.

- Je pense que vous avez tous lu le torchon du jour, comme d'hab', je suis la reine des connes et vous des incapables à qui je dois ce titre. Alors j'espère qu'aujourd'hui vous avez des choses à me dire. C'est Jenlain que je veux entendre en premier. Alors inspecteur, je vous écoute.

- Ben Madame la commissaire vous n'avez pas tort !

Toute la salle se mit à rire faisant ainsi chuter la tension qui devenait palpable dans la salle. L'inspecteur Jenlain prit conscience de sa bourde et reprit aussitôt la parole.

- Ce n'est pas ce que je voulais dire madame …

- Oui, ben ça va Jenlain, j'avais compris, ce n'est pas la peine d'en rajouter ! Racontez-nous plutôt ce que vous avez trouvé à propos de cette voiture rouge avec les portes bizarres, c'est ça que je veux entendre.

- Bien, en effet, j'ai trouvé notre jolie brune. Il s'agit de Murielle Simon, une femme d'une quarantaine d'années, mariée sans enfant et infirmière à domicile. Visiblement elle et son mari vivent séparément depuis plusieurs mois, voire une année. Lui tient un garage pas très loin, enfin vous verrez, je vous ai tout retranscrit dans le rapport.

- Attendez Jenlain, c'est la seule véritable piste que l'on a depuis le début de cette histoire et le seul lien qui relie nos trois victimes et vous, vous attendez tranquillement ce matin pour m'en faire part !!

- Mais, Madame la commissaire, j'ai fini de taper ce rapport il n'y a pas une heure, j'ai passé la nuit sur les résultats des véhicules à recouper les différentes infos avec les immatriculations. D'ailleurs, la carte grise est toujours au nom du garage du mari. Enfin bref, le tout m'a permis d'arriver à ces dernières conclusions.

- Bon, ok inspecteur, bon boulot … Thomas ! La Salsa, ça donne quoi ?

- Difficile à dire, de jolies brunes, il y en a tous les soirs et, malgré les photos de nos trois victimes que je leur ai mis sous le pif, pas de certitude !

- Quoi d'autre ? Pradel ?

L'inspecteur prit la parole.

- Côté Antoine Mitral, notre deuxième victime, rien de bien particulier mis à part que deux de ses collègues doutent que ce soit arrivé sur le parking de la boîte, vous savez… qu'il se soit fait dérouiller… Parce que ce soir-là, ils sont sortis tous les trois boire un verre en ville. Et ça, ils sont formels car ce n'était pas habituel. Et tenez-vous bien ! Où sont-ils allés boire un verre ? Je vous le donne en mille, à la Salsa ! Alors le lendemain, quand ils ont vu sa bobine en vrac, ils ont voulu savoir ce qui lui était arrivé ! Là, ils se sont fait envoyer se faire foutre.

- Et au bar, ils n'ont pas été témoins de quelque chose, vos deux lascars ?

- Ben, ils ont levé deux minettes et ils n'ont plus fait gaffe à l'Antoine, qu'ils disent !

- Bien, ce qui est certain, c'est que l'on tient le bon fil cette fois. Thomas et moi, on s'occupe de la belle brune, les autres vous voyez le mari et tout ce que vous pouvez trouver sur cette Murielle Simon, Ok ! Côté feuille de chou, je ne veux pas un mot sur cette fille. S'il y a la moindre fuite, je vous préviens, je saurai par qui, quitte à remuer ciel et terre, et là je ne vous dis pas ! J'espère que c'est clair pour tout le monde ? Allez au boulot !

La salle commença à se vider quand la commissaire reprit en criant.

- Eh !! Parriot, le club de tir, ça donne quoi ?

- On fouine chef, on fouine…

Connard, pensa-t-elle en retenant Thomas par le bras.

- N'oubliez pas que je veux votre rapport sur les flèches et des détails sur l'arme. Magnez-vous Parriot, sinon c'est moi qui risque de fouiner dans vos affaires !

- Pourquoi. La balistique n'a rien donné ? s'étonna Thomas.

- Disons qu'ils n'ont pas trop l'habitude de ce genre de projectile. Mais, ce qu'ils peuvent affirmer, c'est que notre tueur, ou tueuse car rien n'est encore défini, fabrique ses flèches lui-même ou elle-même ! Côté empreintes, nada ! Et pour les revendeurs d'accessoires, pareil, ce qui laisse à penser que notre tueur se fournit sur Internet. Une impasse quoi !!

- Ben, côté féminin, on peut aller voir si la jolie brune a le profil !

- Ce qui est sûr, reprit la commissaire, c'est qu'elle est au centre de notre histoire, et que pour l'instant, j'ai plutôt hâte de la rencontrer.

- Alors qu'est-ce qu'on fait, on y go ?

- On y go, je passe à mon bureau prendre le rapport de Jenlain et je te retrouve au parking et c'est toi qui conduis... Oh, Thomas...

Il s'arrêta et se retourna alors qu'il allait quitter le couloir par la porte du fond.

- Ouais.

- Demande à Ducreux de passer chez le proc' et dis-lui de nous retrouver chez Murielle Simon avec un mandat de perquisition en poche et du renfort. Ça urge, qu'il se magne, faut profiter de l'effet de surprise. Ok ?
- Ça marche.

Jenlain avait fait du bon travail. Il avait localisé la femme en question et complété son rapport avec une recherche sur son identité, son boulot, son mari et pas mal d'autres renseignements, pas de casier judiciaire. Vraiment du bon boulot, pensa-t-elle.

Elle retrouva Thomas au parking comme convenu.

XI

Guillaume Brocard était plutôt du genre atypique. À quarante ans, il venait de vendre sa boîte de publicité adhésive, créée quinze ans plus tôt. À l'époque, seuls les peintres en lettres avaient pignon sur rue et il avait eut le nez fin. Certes, l'investissement avait été lourd, mais les banques savaient encore accompagner leurs clients dans leurs projets sans pour autant vouloir les dévaliser.

L'entreprise avait rapidement progressé et personne n'eut à s'en plaindre. Mais voilà, il avait fallu qu'il embauche sa maîtresse comme secrétaire, ce qui, au bout du compte, devait amorcer sa chute. Quand son épouse découvrit son stratagème, ce qui ne fut pas long, tout se mit à partir de travers. Elle était bien décidée à lui faire payer un maximum. L'entreprise, la maison avec piscine, même sa liaison extraconjugale ne résistèrent pas à la colère de cette femme trompée.

Évidemment, le divorce scella la fin d'une belle époque et lui coûta plus des trois quarts de ses biens. L'entreprise, rachetée par un groupe national, lui assurait encore un emploi… Mais, pour combien de temps ?

Une fois le tsunami passé, il racheta une petite bâtisse à Fixin, petit village de la côte de Nuits-Saint-Georges, célèbre par ses vins. Son voisin, justement, viticulteur de son état, le réconcilia avec la vie en lui ouvrant les portes de sa cave. Un soir, Guillaume Brocard, en sortant du travail croisa son voisin en train de charger sa camionnette de quelques cartons.

- T'as besoin d'un coup de main Fabrice ?

- Nan merci, tiens c'est fini. Je vais livrer un client. Je t'emmène, c'est en ville, une brasserie, on pourra s'en jeter un ou deux derrière la cravate gars, j't'invite !

C'est comme cela que Guillaume Brocart découvrit la Salsa. Il prit l'habitude d'aller y boire un verre le vendredi soir car l'ambiance lui plaisait bien et la clientèle était de sa génération. Il y fit la connaissance d'une jolie femme brune, infirmière à domicile. S'il voulait une piqure elle était toute disposée à lui piquer les fesses, ce qu'il ne se fit pas dire deux fois. Femme et maîtresse l'ayant largué depuis plusieurs mois, son appétit sexuel était à son comble. Ils se retrouvèrent dans une chambre du Continental tout proche et s'envoyèrent en l'air.

XII

Murielle finissait de se préparer devant la glace de la salle de bains. Elle avait cuisiné pendant deux bonnes heures puis dressé la table dans le salon. Nappe, porcelaine, serviettes et bougies toutes blanches. Elle avait hésité pour les bougies, et puis mince après tout, il s'agissait bien d'un diner en amoureux !

Jean-Luc devait arriver dans une demi-heure, elle serait prête. Habillée, maquillée, c'est sûr, cependant elle se demandait si intérieurement, elle serait vraiment prête. Tout l'attirait chez cet homme, mais elle n'était pas dupe, l'intimité d'une famille, cette complicité avec cette petite fille qui pouvait très bien devenir la sienne étaient les raisons qui la poussaient à développer cette relation avec Jean-Luc. Elle avait beaucoup d'affection pour lui, beaucoup de tendresse même, mais il allait bien falloir finir dans un lit pour continuer cette aventure. Elle ne pourrait pas se refuser à lui indéfiniment, et son invitation ce soir était sans équivoque.

Cela lui plaisait bien sûr, mais elle avait peur, peur que ses pulsions prennent le dessus, qu'elle le domine, qu'elle le dépèce et qu'il fuie loin d'elle. Saurait-elle s'offrir à lui passive, sans s'enflammer, sans se consumer ? Rien n'était moins sûr et elle redoutait ce moment où il allait vouloir l'embrasser. Si toutefois ce n'était pas elle qui lui sauterait dessus en lui arrachant ses vêtements. Non, rien n'était moins sûr !

Avec Patrice, son mari, leur relation avait toujours été animale, passionnée, toujours à la limite de la douleur, tellement jouissif. Il n'y avait alors aucune place pour un enfant. Ils se suffisaient à eux-mêmes, c'était fusionnel, comme une addiction qu'il fallait assouvir sans cesse.

Puis, il avait fallu qu'elle gâche tout, que cette envie d'un enfant prenne le dessus et qu'elle lui prenne la tête, comme il disait. Finalement, plus le temps passait plus l'incapacité d'avoir un enfant devenait une évidence. Sa culpabilité de ne pouvoir lui donner cet enfant le rendait fou furieux. Adopter ? Pas possible, casier judiciaire, incroyable déjà de pouvoir tenir une gérance professionnelle. Elle finit aussi par avoir la rage.

Vingt heures, on sonna à la porte, elle alla ouvrir, découvrant un Jean-Luc fringant, un joli bouquet de fleurs à la main, tel un jeune premier. Ils rirent franchement de la situation et elle mit les fleurs dans un vase. Ils frisaient le fou rire maintenant.

- Je crois qu'on mérite bien un grand Martini, non !?

- C'est toi l'infirmière, si c'est une prescription…

Murielle le prit par le bras et l'emmena jusqu'au canapé où elle avait préparé tout le nécessaire. Puis, sans pouvoir se contrôler, elle lui prit le visage entre ses deux mains et l'embrassa. C'était les prémices d'un baiser passionné comme elle les aimait, mais elle sentit le corps de Jean-Luc se raidir, ce qui la surprit. Il répondit à son baiser maladroitement.

- Je suis désolée, dit-elle, sentant son embarras, je suis peut-être un petit peu trop directe !

- Non, non, pas de problème, c'est moi qui suis désolé, c'est simplement que je n'ai pas pris de femme dans mes bras depuis bien longtemps et j'ai bien peur d'être un peu balourd.

- Ça va bientôt nécessiter une ordonnance si je comprends bien !

- Ou alors un traitement approprié.

- Commençons par un verre de sirop contre la fièvre...

Elle mit deux glaçons dans chaque verre et lui en tendit un. Ils trinquèrent et burent debout face à face, les yeux dans les yeux, brillants de désir.

- Qu'est-ce que tu as fait de la demoiselle ?

- Je l'ai déposée chez sa grand-mère. Maman s'est beaucoup occupée d'elle et Estelle à sa propre chambre là-bas et ses habitudes.

- Je ne savais pas que tu avais encore tes parents !

- Maman uniquement, mon père, lui, est décédé il y a bien longtemps, en fait, je l'ai très peu connu.

- Et du côté de sa maman à elle ?

- C'est un peu compliqué de ce côté-là.

- Excuse-moi, je ne voulais pas être trop indiscrète. J'espère que tu as faim car je me suis surpassée, reprit-elle en essayant de masquer son désarroi.

- Au contraire, je suis très impatient de goûter à tout.

- Oh là là, il n'y aurait pas un message subliminal là ?

- Tu me trouves lourd ?

- Pas du tout, je plaisante, détends-toi, tiens, je t'en ressers un deuxième.

- Non merci, je vais être saoul avant la fin de soirée, dit-il en posant son verre sur la table basse.

- Pas un Martini gros bêta !

Elle approcha son visage du sien et lui offrit un second baiser plus mesuré, plus furtif. Il essaya de masquer son air empoté.

- À table !

Elle tourna les talons et se pressa à la cuisine.

- Installe-toi, d'abord le plaisir des papilles !

- Waouh ! Quelle table ! Je suis impressionné !

Murielle le rejoignit, un plat de crudités dans les mains. Elle le déposa sur la nappe, tournant la cuillère vers lui, l'invitant à se servir.

- Tu trouves que j'en fais un peu trop là, non ?

- Pas du tout, au contraire, je suis flatté d'une telle attention.

- Je t'en prie sers-toi, dit-elle en s'asseyant en face de lui. Un verre de vin blanc, un Montagny, cela te tente ?

- Que du bonheur !

Elle remplit les deux verres et se servit en crudités après que Jean-Luc lui eut présenté le plat à son tour.

- Estelle ne parle que de toi. Elle me harcèle de questions.

- Du genre ?

Il lui tendit la corbeille de pain et en prit un morceau après qu'elle se fut servie.

- Du genre, est-ce que vous allez vous marier ?

Elle rit.

- Tu penses que c'est ce qu'elle souhaite sincèrement ?

- Je pense que tu lui plais beaucoup, quant à moi, je n'en parle même pas, et je pense qu'elle voit en toi la maman qu'elle n'a pas eue.

Murielle fondit en larmes. Il se précipita vers elle et la serra dans ses bras.

- Je suis désolé, je ne voulais pas…

- Non, pardonne-moi, je suis vraiment stupide.

Elle se tamponna les yeux avec sa serviette, balayant les larmes sur ses joues. Elle tenta de sauver la situation en riant. Jean-Luc lui baisa la main et alla se rasseoir en face d'elle. Ils reprirent leur conversation en changeant de sujet toutefois. Elle servit, ensuite, des tagliatelles aux coquilles Saint-Jacques, un délice. Ils descendirent la bouteille de Montagny Premier Cru, avec une facilité déconcertante. Ils parlèrent de choses et d'autres en riant à nouveau, tout en consommant une deuxième bouteille du même cru.

Ils finirent leurs repas bien après minuit accroupis autour de la table basse du salon en riant comme des adolescents ivres. Murielle sentit sa tête qui commençait à tourner et Jean-Luc proposa qu'elle s'allonge sur le canapé.

- Je crois que j'ai vraiment trop bu, j'ai la tête qui tourne s'excusa-t-elle, je suis vraiment en dessous de tout.

- Non, ne t'inquiète pas, tout va bien, la rassure-t-il, j'avoue n'être guère mieux.

Il trouva une couverture pliée derrière le canapé et la recouvrit jusqu'au menton.

Quand elle rouvrit les yeux, il faisait jour, la table était débarrassée et Jean-Luc avait disparu. Elle ne savait pas si cette soirée pouvait être considérée comme réussie…

XIII

Le Chevelu sortit du parking en faisant crisser les pneus, alors que la Golmotte, côté passager, rentrait l'adresse dans le GPS.

- Je mets le deux tons ? questionna le chevelu.

- On s'en fout, allez roule.

- Tu crois qu'on a des chances de la choper toi ? Vu son boulot, elle doit avoir la bougeotte.

- Justement, d'après le rapport de Jenlain, - je te jure, il m'a scotché l'pépère ! - les infirmières à domicile bossent très tôt le matin, injections par-ci, piqures par-là, et pas mal en fin d'après-midi. Elles ont beaucoup de paperasse, alors à dix heures, avec du bol, c'est possible qu'on la trouve.

La voiture banalisée quitta la rocade et emprunta le boulevard qui les conduisit au cœur d'une nouvelle zone pavillonnaire. La Golmotte se pencha sur le GPS et indiqua au pilote d'emprunter la deuxième rue à droite. Le Chevelu arrêta la voiture en face du n° 7 de la rue des peupliers où stationnait une petite voiture rouge aux portes latérales coulissantes. Il coupa le moteur.

- Bon, on a du bol, génial. Comment tu vois les choses ?

- Tu attaques et après tu me laisses prendre la main ok ? Essayons de voir à qui nous avons affaire. Observe bien ses réactions et laisse-moi jouer.

- Ok, c'est parti !

Ils descendirent de voiture et se dirigèrent jusqu'au perron où le Chevelu actionna ce qui semblait être la sonnette.

Peu de temps s'écoula avant que la porte s'ouvre sur le sourire d'une jolie femme brune.

- Oui, c'est pour quoi ?

- Bonjour, vous êtes madame Simon ? Murielle Simon ?

- Absolument, à qui ai-je l'honneur ? répondit-elle tout naturellement.

La Golmotte sortit son badge tout en se présentant elle et « son collègue ».

- Pouvons-nous entrer madame Simon, s'il vous plaît ?

- Mais de quoi s'agit-il ? Que se passe-t-il ?

Elle s'écarta pour les laisser entrer et referma la porte derrière eux. Sa soirée avec Jean-Luc datait de plusieurs jours et le salon était présentable.

- Nous souhaiterions vous montrer quelques photos et avoir votre avis. Pourrions-nous nous asseoir quelque part ?

- Mon avis ? Mais en quoi mon avis peut-il vous intéresser ?

- S'il vous plaît !

- Oh, oui excusez-moi, entrez dans le salon je vous en prie, installez-vous.

Après avoir investi fauteuils et canapé, le Chevelu fit les gros yeux à la commissaire, histoire de s'assurer qu'elle avait bien vu les arcs et les flèches accrochés aux murs. La commissaire posa délicatement la photo de Jacquart, le prof de gym, sur la table basse, bien en face de Murielle Simon.

- Connaissez-vous cet homme, madame Simon ?

- Euh ! oui, enfin pas plus que ça, mais oui. Il lui est arrivé quelque chose ?

- Et celui-ci ?

La photo de Brocard vint rejoindre la première.

- Euh oui, mais je ne comprends pas, où voulez-vous en venir, s'inquiétait Murielle qui comprit néanmoins instantanément le lien qui les unissait.

- Excusez-moi, et celle-ci, insista la Golmotte en abattant la troisième carte de son jeu, Antoine Mitral.

Murielle commença à perdre contenance en s'interrogeant sur la raison qu'avait la police d'enquêter sur ses amants !

- Vous ne niez pas connaître ces trois personnes madame Simon ?

- Non, mais enfin expliquez-vous ! Que se passe-t-il ?

- Vous ne suivez pas l'actualité madame Simon ?

- Non pas vraiment, pourquoi, qu'est-ce que je devrais savoir ?

- Pas de télévision ni de radio ? s'étonna le Chevelu.

- Non pas dernièrement…

Thomas jeta un regard incrédule à sa patronne. Celle-ci le lui rendit et continua.

- Comment connaissez-vous ces trois personnes madame Simon ?

- C'est un peu gênant voyez-vous, dois-je vous répondre franchement inspecteur ?

- Commissaire, appuya la Golmotte, je crois que ce serait préférable madame Simon !

- Qu'est-il arrivé à ces trois personnes et en quoi cela me concerne-t-il ? s'affola Murielle.

- Répondez d'abord à ma question voulez-vous ?

- Dans un bar.

- Quel bar ?

- La Salsa, au centre-ville.

- Les trois ?

- Indépendamment les uns des autres, oui !

- Il y à longtemps ?

- Plusieurs semaines je dirais !

- Peut-on savoir quelles relations vous entreteniez avec ces hommes madame Simon ?

- Attendez ! Ce n'est pas ce que vous croyez !

- Et qu'est-ce que vous pensez que l'on croit ?

- On a juste fait connaissance et bu un verre ou deux, voilà !

- C'est tout ?

- Écoutez, je ne suis pas une prostituée, comme vous avez l'air de l'insinuer !

- Mais, on vous écoute madame Simon, nous n'insinuons rien du tout, nous voulons juste connaître la vérité.

- Vous voulez savoir si j'ai couché avec ces hommes, c'est bien ça ?

Seul le silence répondit à sa question. L'atmosphère était lourde et le regard de Murielle passait de l'un à l'autre.

- Mais bon sang, je n'ai rien fait de mal !

- Alors, madame Simon, vous avez couché avec ces trois hommes ?

- Eh bien oui, voilà, vous êtes contents ?

- Vous aviez des relations suivies avec ces hommes ?

- NON ! Mais pas du tout, c'étaient juste des amants d'un soir voilà tout ! Je n'ai jamais revu ni l'un ni l'autre !

- Ça, on veut bien vous croire madame Simon, car voyez-vous, ils sont morts tous les trois, assassinés, une flèche plantée dans l'abdomen !

- Quoi ?!! Vous voulez dire que les trois corps retrouvés dans la région ce sont eux ?

- Vous voyez bien que vous êtes au courant de l'actualité ! rétorqua le Chevelu.

- Mais de là à penser que c'était eux !!

- Madame, enchaîna la Commissaire en se levant, comprenez-vous que vous êtes le seul lien qui réunit ces trois meurtres et qu'en aucun cas cela peut-être une coïncidence ? Vous êtes donc en état d'arrestation, et à partir de cet instant, vous avez le droit de garder le silence. Si vous renoncez à ce droit, tout ce que vous direz pourra être et sera utilisé contre vous devant une cour de justice. L'inspecteur ici présent va finir de vous lire vos droits. Ensuite, je vous demanderai de prendre quelques affaires de rechange et de bien vouloir nous suivre.

- Mais je….

Murielle Simon ne put finir sa phrase, le Chevelu avait pris le relais. À ce moment précis, comme orchestré avec minutie, plusieurs véhicules de police arrivèrent devant la maison, Ducreux à leur tête.

XIV

Après avoir téléphoné au procureur de la République, la commissaire principale Anita Rubence, dit " la Golmotte" put prononcer la garde à vue à l'encontre de Murielle Simon, à charge des meurtres ou complicité de meurtres dans l'affaire des trois victimes dites de l'arbalète.

La police scientifique entra en scène afin de collecter le maximum d'indices à l'intérieur de l'appartement. Toutes les pièces furent passées au crible. Évidemment, sa passion pour le tir à l'arc et ses collections de flèches ne plaidaient pas en sa faveur. Cela dit, aucune arbalète ne fut trouvée, pas plus que de carreaux noir et blanc. Tout le voisinage était en ébullition. Un cordon de police maintenait les curieux en retrait ainsi que la presse et la télévision qui n'avaient pas tardé à débarquer. Thomas et la commissaire étaient restés sur place afin de se familiariser avec l'environnement de Murielle Simon.

- J'ai du nouveau côté mari, intervint Ducreux en passant à côté d'eux. Vous êtes preneur ?

- À ton avis gros malin, lui balança Thomas un peu agacé.

- Patrice Simon, gérant d'un garage Peugeot à Til-Chatel, quarante-cinq ans, casier pour violence sur la voie publique et envers les forces de l'ordre. Suspect dans plusieurs affaires de vol de voitures, bref, un mec tout ce qu'il y a des plus fréquentables !

- Hum, vous me le ramenez vite fait celui-là.

- Ok, commissaire.

- Eh ! Ducreux, l'interpella-t-elle.

- Ouais !

- C'est Thomas qui t'emmène, visiblement ça ne sera pas du luxe !

- Ok, patronne.

- Ha ! Putain, il ne va pas s'y mettre non plus celui-là, non !

- Quoi donc patronne ? répliqua Thomas amusé.

- Hilarant inspecteur, hilarant…

Le garage Peugeot de Patrice Simon se trouvait juste à l'entrée de Til-Chatel, le long de la nationale. Il n'avait fallu qu'une vingtaine de minutes aux deux inspecteurs pour être sur les lieux. Plusieurs véhicules neufs et d'occasions attendaient sur le parking qui faisait aussi office de pompe à essence. Le tout donnait plus le sentiment d'un garage de mécanique automobile que d'une succursale commerciale. Ils se garèrent le long des broussailles qui délimitaient un des côtés du terrain et qui auraient mérité un bon coup de peigne.

Un jeune mécano, en bleu de travail qui ne laissait plus guère apparaître sa couleur d'origine, entassait deux ou trois pneus usagés sur une pile dont l'équilibre rappelait cette bonne vieille tour de Pise.

Thomas l'aborda après avoir claqué sa portière.

- Monsieur Simon est par là ?

- Ça dépend de qui le demande ! lança le gamin en s'essuyant les mains dans un chiffon qui pendait de sa poche arrière.

- Ah ouais ?, dis donc on sent que t'as fait l'école de commerce toi ! l'invectiva Durieux.

- Et vous celle de la flicaille, si toutefois on peut appeler ça une école !

- Bon, t'as l'air d'en connaître un rayon sur la maison poulaga toi, lui répondit Thomas, histoire de descendre la conversation d'un cran. Tu peux aller nous le chercher ?

- Z'avez une carte ?

- Allez c'est bon, n'en rajoute pas, dégage.

Le gars partit d'abord en reculant sur deux mètres puis accéléra le pas en se dirigeant au fond du garage.

Trois autres types qui ne semblaient pas s'intéresser à ce qui se passait dehors, bricolaient sous des capots de voitures, à la lueur de néons portatifs puissants. Un homme, la quarantaine, une tête solide, mâchoire carrée, le tout posé sur des épaules larges et robustes arriva droit sur Thomas, suivi du p'tit gars plutôt nerveux.

- Ça va c'est bon Paul, je n'ai pas besoin de toi dans mes basques, lui fit comprendre le bonhomme en le chassant d'un geste de la main gauche.

- Monsieur Simon, je suppose, Patrice Simon ?

- Oui c'est exact, que puis-je faire pour vous messieurs ?

- Thomas lui présenta sa carte rapidement et lui tendit une main amicale que Simon prit timidement en faisant un signe de la tête à Ducreux.

L'homme avait des mains aussi larges que des poêles à frire et plutôt du genre à conduire des tanks plutôt que des petits coupés Peugeot.

- Vous êtes bien le mari de Murielle Simon ?

- Oui, il lui est arrivé quelque chose ? s'inquiéta-t-il immédiatement.

- Non non, rassurez-vous, rien de tel. Nous aurions juste quelques questions à vous poser et pour cela nous aimerions que vous nous accompagniez.

- C'est grave ?

- Je ne peux malheureusement pas vous en dire plus pour l'instant. Voulez-vous bien nous suivre ?

- Je prends une veste et je vous suis. Dois-je prendre ma voiture ?

- Non, on vous raccompagnera !

Patrice Simon retourna vers ce qui semblait être un bureau vitré au fond du garage. De loin, cela donnait l'image d'un vieil aquarium où l'eau ne devait pas souvent être renouvelée.

Ducreux sortit du garage en allumant une cigarette.

- Qu'est-ce que tu penses du bonhomme ? demanda-t-il à Thomas.

- Difficile de se faire une idée comme ça, mais je le sens qu'à moitié. Ceci dit je ne lui chercherais pas des poux avant d'y avoir réfléchi à deux fois.

Une voiture gris métallisé démarra du parking et s'engagea sur la nationale en appuyant sur le champignon.

- Putain, je n'y crois pas !

- Tu crois que c'est lui ? questionna bêtement Ducreux.

- Non, c'est ma mère !! Allez monte, grouille !

Ils firent une marche arrière tout en manœuvrant de façon à repartir dans le bon sens le plus vite possible.

- Appelle du renfort, magne !

- Ok, j'mets le deux tons, dit-il en claquant le gyrophare magnétique sur le bord du toit.

Tout en conduisant, Thomas appela la Golmotte depuis son portable.

- Tu ne vas pas le croire, il vient de nous filer entre les pattes !

- Enfin du lourd, répondit la Golmotte, allez on met le paquet, je passe chez le proc, perquise et tout le toutim… retrouvez-moi ce gugusse Thomas, je compte sur vous.

Ils rattrapèrent la voiture grise alors qu'elle s'engageait sur le parking d'un super marché à la sortie du bled. Ils reconnurent le jeune en bleu de travail qui les avait reçus à leur arrivée au garage et qui se garait tranquillement. Il descendit de voiture comme si de rien n'était.

- L'enfoiré, s'écria Thomas en tapant du poing sur le volant, il nous prend vraiment pour des cons !

- Faut dire qu'on a été très cons sur ce coup-là ! lui répondit Ducreux.

- Ouaip, c'est pas faux, mais j'ai vraiment cru qu'il se faisait la malle. Ne me dis pas que tu ne l'as pas cru aussi ?

- Bon écoute, on ne va pas se flageller pendant une heure, ils ont bien réussi leur coup histoire de nous embrouiller, tu ne crois pas ?

- Soit il s'est barré tranquillement, et là, il n'est vraiment pas clair, ou alors il nous attend sur place le sourire aux lèvres, après avoir profité du temps qu'on lui a offert pour planquer deux ou trois trucs compromettants.

- Tu crois ?

- On va le savoir tout de suite, quoi qu'il en soit, on ne traîne pas et on l'embarque.

Ils arrivèrent et se garèrent devant l'entrée principale. Patrice Simon leur lança un regard amusé et donna, ce qui ressemblait à un trousseau de clés, à un de ses ouvriers avec qui il était en conversation.

- À demain lui dit-il en levant la main gauche, alors qu'il ouvrait la portière arrière de la voiture de l'autre main.

- Alors messieurs, j'ai cru que vous m'aviez oublié, dit-il en s'asseyant à bord du véhicule.

- Une petite course de dernière minute, lui répondit Thomas en le regardant dans le rétroviseur, on ne vous a pas trop fait attendre j'espère ?

- Non, non, je vous en prie, cela m'a permis de m'organiser. Alors, si vous me disiez plutôt ce qui se passe?

- La commissaire vous attend, elle vous en dira plus.

Ducreux avait rapidement rappelé la Golmotte pour la tenir au courant de la plaisanterie, et de leur arrivée prochaine.

Elle avait raccroché et s'en était retournée dans la salle d'interrogatoire où elle avait abandonné Murielle Simon quelques instants.

- On vient d'alpaguer votre mari, c'est un marrant visiblement ! reprit-elle en refermant la porte derrière elle.

- C'est une façon de voir, personnellement il ne me fait plus rire depuis longtemps.

- Hum ! J'ai cru comprendre ! Vous pensez qu'il pourrait être l'auteur de ces meurtres ? demanda-t-elle sans détours.

- Patrice ?!! Comme vous y allez ! Par jalousie c'est ça ? vous voyez les choses comme ça sérieusement ?

- Ça se tient non ? D'après vos dires, c'est vous qui êtes partie. Qui vous dit qu'il ne vous suit pas ? Qu'il ne vous espionne pas et que vos petites coucheries ne le rendent pas furibard ?

- Et qu'il les tue avec une arbalète si j'ai bien tout saisi !! Non, c'est franchement grotesque !!

- Vous aimez les arcs et les flèches, n'est-ce pas ? On a trouvé pas mal de matériel du genre chez vous, je peux même dire qu'il y en avait plein les murs !!

- Oui, je vous l'ai dit, je tire à l'arc depuis des années, de là à faire de nous un couple de serial killer, vous y allez fort commissaire !!

- Non, je ne vais pas jusque-là, mais peut-être que vous avez laissé du matériel chez lui, et que cela est pour lui une façon de vous toucher aussi ? De crever vos amants avec vos flèches ?

- Non, je n'ai jamais eu d'arbalète, je préfère l'arc, ça n'a rien de comparable. De toute façon, Patrice n'est pas un tueur !

- Une brigade scientifique est en train de tout passer au peigne fin au garage, en ce moment même, pendant que l'on bavarde gentiment. Vous ne me ferez pas avaler que tout cela n'est que coïncidence ! Franchement ? Vous me prenez pour une bille ?

- Non commissaire pas le moins du monde ! Je vous en prie, pour moi aussi c'est inexplicable, je sors avec trois types que je n'ai jamais vus auparavant et quelques semaines plus tard j'apprends que ces trois personnes sont assassinées ! Et de la même façon par-dessus le marché ! Vous imaginez ce que je peux ressentir ? Moi aussi je me pose des questions, mais Patrice en assassin, non vraiment je ne peux pas y croire, il y a forcément une autre explication !

- Ben voyons ! Celle-ci est pourtant la plus vraisemblable ! Vengeance ou complicité ? Reste à voir ! Pour l'instant vous êtes en garde à vue et je vous conseille de prendre un bon avocat, vous allez en avoir grand besoin. Nous nous reverrons après l'interrogatoire de votre mari, madame Simon, à bientôt, je vous laisse réfléchir à tout cela.

XV

Les médias étaient déchaînés. La presse, la télévision s'étaient emparées de l'affaire et en faisaient leurs choux gras. L'arrestation de Murielle et Patrice Simon était relatée comme la fin d'une série de meurtres sordides. « Le tueur à l'arbalète enfin sous les verrous », « Elle attirait les hommes et lui les crucifiait ». Les titres racoleurs ne manquaient pas pour faire la une. Jean-Luc Vidal fut ulcéré quand il vit la photo de sa bien-aimée placardée sur les panneaux du magasin de presse qui longeait son agence. Il se précipita à l'intérieur et acheta les différents journaux qui relataient l'affaire, et il s'enferma dans son bureau avant que sa secrétaire arrive. Comment était-ce possible ! Non, pas elle, c'était un cauchemar ! Que pouvait-il faire ?

XVI

À peine Patrice Simon venait-il d'être embarqué, que les camionnettes de la police scientifique investissaient les lieux. Ayant obtenu une commission rogatoire par le juge d'instruction qui s'occupait de l'affaire, les inspecteurs Pradel et Renaud étaient aussi arrivés sur place. Les ouvriers avaient été priés de rentrer chez eux, exceptés deux d'entre eux, réquisitionnés à titre de témoins. Un cordon jaune et noir avait été installé pour interdire l'accès au garage ainsi qu'aux pompes à essence. L'appartement des Simon était au-dessus du garage et c'est principalement là qu'il y avait une importante concentration de techniciens en combinaison et gants blancs. Pradel et Renaud devaient focaliser leurs recherches sur l'arme du crime, à savoir : une arbalète et des flèches. Mais voilà, il ne fallait pas rêver, c'eut été trop beau de tomber dessus avec un petit mot où il y aurait écrit, « Hey, les gars, c'est moi ! »

Pendant ce temps, Patrice Simon était auditionné en salle d'interrogatoire en présence de la commissaire principale Anita Rubence et de l'inspecteur principal Thomas Verne, qui bien sûr, avait lancé l'enregistrement.

- Vous fatiguez pas, je connais mes droits, lança monsieur Simon après que le Chevelu lui eut balancé tout le rituel. De toute façon, je ne vais pas rester longtemps, pas vrai ?

- Ça dépend de vous monsieur Simon et de vos réponses. Vous avez une petite idée de ce qui nous amène à vous interroger ? lui demanda la Golmotte.

- Justement, j'attends toujours qu'on me mette au parfum. J'ai compris que cela avait un rapport avec mon ex… Alors vous m'en dites plus, ou je dois deviner ?

- Votre ex, comme vous dites, semble sérieusement impliquée dans les meurtres dits à l'arbalète. Je suppose que vous suivez l'actualité et qu'il ne vous a pas échappé que trois personnes ont été retrouvées transpercées d'une flèche d'arbalète ? Parce que, votre ex, elle, d'après ses dires, n'était pas au courant, ironisa la commissaire.

- Ouh là ! Doucement ! Vous allez un peu vite si je peux me permettre.

- Mais, permettez-vous, je vous en prie, permettez-vous, nous sommes tout ouïe !

- Quel rapport entre ces trois hommes et Murielle ? demanda-t-il en s'avançant légèrement sur sa chaise et posant ses deux mains à plat sur la table face à lui.

- À vous de me le dire, monsieur Simon.

- Comment voulez-vous que je le sache, arrêtez vos devinettes à la con et dites m'en plus si vous voulez que je collabore avec vous. Qu'est-ce que vous avez de concret ?

- Bon, ok, on passe à mach 2, donnant donnant, renchérit la commissaire. Votre ex a eu une liaison avec chacune des victimes. Cela vous donne-t-il une petite idée de sa situation ?

- De là à tout lui coller sur le dos, c'est un peu facile non ?

- Ah, vous le prenez comme ça !! Voulez-vous savoir ce qu'elle encourt ? Ce ne peut en aucun cas être une coïncidence monsieur Simon, de quelque façon que ce soit, elle est forcément impliquée. Alors si vous voulez l'aider, il faut nous dire ce que vous savez !

- Mais, on ne se voit plus depuis plus d'un an !

- Connaissiez-vous ces trois personnes monsieur Simon ? coupa la commissaire en posant une à une les trois photos des victimes sur la table. Je vous conseille fortement de nous dire la vérité monsieur Simon.

- Pourquoi voudriez-vous que je les connaisse bordel, s'énerva le prévenu en se levant de sa chaise, qu'est-ce qui vous permet de dire ça ? Qu'est-ce que vous avez merde ! Vous pensez que j'ai buté ses amants, hein, c'est ça ? Je vous vois venir, ça aussi c'est un peu facile, va falloir plus que ça !! lâcha-t-il en se rasseyant.

- Calmez-vous monsieur Simon, voulez-vous, sinon je vais être obligée de demander au brigadier de vous menotter, on est d'accord ?

- Ça va, ça va.

- Bon, reprenons, avez-vous déjà rencontré ces personnes ?

Patrice Simon se mangeait le bout des doigts et semblait dos au mur. L'inspecteur regarda la commissaire qui lui renvoya son regard.

- Alors monsieur Simon, dois-je répéter la question ? Réfléchissez bien, car j'attends de vous des explications. Nous ne sommes pas stupides monsieur Simon, nous savons que….

- Ok ok, c'est bon, ça va, lâchez-moi, oui je les connais ces trois fumiers mais ce n'est pas moi qui les ai butés ok ? Faut vraiment vous mettre ça dans le crâne, ok ?

La Golmotte reprit sa respiration, car l'enquête venait enfin de décoller et c'était du lourd.

- Ok monsieur Simon, on vous écoute. Pourquoi « ces trois fumiers » ?

- Parce qu'ils ont baisé ma femme, alors moi, je leur ai cassé la gueule, vous comprenez ? Point barre. Et Murielle elle ne sait rien de tout ça, elle est à des années-lumière de vos histoires.

Patrice Simon commençait à donner des signes de violence en frappant la table du poing et la commissaire préféra arrêter l'interrogatoire.

- Calmez-vous monsieur Simon, nous comprenons. Nous reprendrons cet entretien quand vous vous serez calmé, d'accord ?

Il se prit la tête entre les mains, ce qui facilita la tâche du brigadier qui lui mettait les menottes.

XVII

Monsieur le divisionnaire, dit le Grand Serin pour les intimes, avait convoqué la Golmotte afin de faire le point sur l'avancée de l'enquête. Monsieur le Maire, ainsi que le préfet, lui téléphonaient, selon ses dires, deux fois par jour.

- Où en êtes-vous madame la commissaire ? J'espère que vous avez de bonnes nouvelles car je ne vous cache pas que beaucoup doutent, en haut lieu, de vos compétences. Il faut que je leur donne quelque chose comprenez-vous Anita ? Je ne vais plus pouvoir vous protéger bien longtemps si vous n'avancez pas. Si une quatrième victime venait à être découverte, ils exigeraient votre tête, et je ne pourrai pas la leur refuser. Alors ?!!

- Je comprends monsieur le divisionnaire….

- Nous sommes entre nous Anita, laissons tomber le protocole voulez-vous ?

- Ok Henri, je comprends mais je crois que cette fois, j'ai trouvé le bon fil et c'est du lourd. Il y a de grandes chances qu'en tirant dessus, le, la ou les coupables tombent prochainement. Je m'explique…

- Vaudrait mieux car je ne comprends rien à ce que vous me dites. Mais, je ne demande qu'à m'instruire !

- Eh bien en remontant le témoignage d'un voisin de la première victime, qui aurait remarqué un véhicule particulier devant le domicile de Paul Jacquart, nous sommes arrivés à retrouver sa propriétaire, une certaine Murielle Simon, conquête d'un soir. Là, où cela devient intéressant, c'est qu'il s'avère que cette jeune femme semble avoir été la maîtresse de chacune de nos trois victimes.

- Diantre, la même femme dites-vous pour les trois victimes ?

- Exactement !

- Une professionnelle je suppose ?

- Et bien, il semblerait que non. Étonnamment, cette jeune femme, infirmière à domicile, la quarantaine, séparée depuis un an, collectionne les aventures d'un soir.

- Cela ne peut être une coïncidence, elle est en garde à vue je suppose ?

- Bien évidement Henri.

- Parfait Anita, parfait.

- Ce n'est pas tout, le mari, un garagiste de Til-Châtel, déjà fiché pour violences et arnaques diverses, est aussi dans nos locaux. Il reconnaît avoir, je cite « casser la gueule à ces fumiers »

- Excellent Anita, je savais que je pouvais compter sur vous. Excellent travail, de là à ce qu'il les ait exécutés, il n'y a qu'un pas. Avez-vous trouvé quelques éléments compromettant dans les perquisitions ?

- Pour l'instant, il nie les avoir tués et…

- Vous m'étonnez ! Sa culpabilité ne semble faire aucun doute. Tirez-lui des aveux Anita et croyez-moi, cette affaire va vous propulser au sommet !

- Merci monsieur le divisionnaire.

L'entretien redevint naturellement officiel et la Golmotte sentait que le Grand Serin voulait en finir au plus vite avec cette histoire qui lui mettait la pression. Ce coupable lui allait très bien, quitte à brûler les étapes, il fallait le charger à bloc et point barre.

- Toutefois, vous comprendrez monsieur le divisionnaire, que je n'ai, pour l'instant, aucune preuve solide et qu'il serait prématuré d'en tirer des conclusions un peu hâtives à mon goût.

- Vous n'allez tout de même pas m'apprendre mon métier Rubence, vous tenez notre coupable cela semble évident, nous avons le mobile, la jalousie, et de plus il reconnaît avoir tabassé les trois !! Allons commissaire travaillez-moi ce lascar au scalpel et finissons-en voulez-vous ?

- Je vous tiens au courant monsieur le divisionnaire.

- J'y compte bien Anita, et bravo ! Très bon boulot.

La Golmotte descendit au parking retrouver son véhicule et resta un moment assise, les mains sur le volant, sans mettre le contact. Quelque chose lui disait que cette affaire paraissait trop simple ; qu'un boomerang venait d'être lancé et qu'il ne restait plus qu'à attendre qu'il lui revienne en pleine tête. Fallait bouger et vite !

De retour au commissariat, Thomas Verne, son inspecteur principal, l'intercepta.

- Commissaire, les cotons-tiges ont appelé, ils ont quelque chose à vous montrer. Je crois qu'il faut qu'on aille rapido à Til-Chatel.

Les cotons-tiges n'étaient autres que les techniciens de la police scientifique, affublés de leur combinaison, capuche et gants blancs.

- Ah oui ! J'ai aussi reçu un appel téléphonique provenant d'une personne me signalant qu'elle avait vu Murielle Simon et un type du quartier dans son bar il y a quelques jours. Elle s'en souvient bien et tous ses habitués ne parlent que de ça en commentant les journaux. Elle dit savoir qui est le type en question, et que si cela nous intéresse, on n'a qu'à passer la voir. J'ai l'adresse.

- Bon, on dirait que ça bouge. On va déjà foncer au garage. Tu conduis.

Une bonne demi-heure plus tard, ils se garèrent sur le parking du garage de Patrice Simon. Un coton-tige ouvrit la portière et la Golmotte sortit de la voiture.

- Suivez-moi commissaire, je crois que cela va vous plaire.

Ils contournèrent le garage et grimpèrent un escalier extérieur attenant au pignon droit du bâtiment. Arrivés à l'étage, la Golmotte et le Chevelu entrèrent dans une première pièce, suivis du technicien.

- On a préféré ne rien toucher avant votre arrivée. On attend vos instructions.

- Très bien, merci Planchon.

Un cumul d'eau chaude, avec un évier en dessous, occupait le coin gauche. Plus loin, une cuisinière et sa bouteille de butane calée sous une table où trainait un morceau de pain plus très frais, ainsi qu'une tasse laissant penser qu'elle avait contenu du café. Un petit placard accroché au-dessus de la table ne tenait plus que par une seule fixation, ce qui lui donnait un air penché. Côté droit, un canapé bordeaux trônait au centre du mur. Une bouteille de whisky déjà bien entamée était posée sur le sol à côté d'un verre vide. Un WC occupait l'espace d'un petit renfoncement fermé par un rideau aux motifs passés. Une porte donnait accès à une autre pièce. Il y faisait sombre, un épais rideau occultant la clarté de l'unique fenêtre. La commissaire alluma la lampe posée sur le large bureau qui occupait toute la pièce. La lumière inonda aussitôt un fouillis indescriptible qui la mit tout de suite mal à l'aise.

- Putain de merde ! lâcha le Chevelu.

- Ouais, répondit la Golmotte, qu'est-ce que c'est que ce merdier ? Un taxidermiste ?

- Entomologiste, c'est plus exact je crois, ou collectionneur d'insectes si tu préfères, rectifia le Chevelu.

- Tu m'étonneras toujours toi !

Ils mirent les gants de protection donnés par Planchon, afin de ne pas détériorer les empreintes éventuelles.

Sur la feutrine verte qui servait de sous-main, étaient étalés des ailes, des mandibules, des pattes, des abdomens et toutes sortes de parties constituant des insectes divers. Des bouteilles d'acétone, d'alcool, d'ammoniaque et des paquets de coton traînaient par-ci, par-là. Une grande loupe montée sur un bras articulé renvoyait la lumière de la lampe et Thomas la poussa sur le côté afin de ne pas être aveuglé.

Le plus intrigant était la petite planche de feutre rouge ou étaient épinglés trois coléoptères. La planche avait une dimension qui laissait de la place pour d'autres épingles.

- Tu penses la même chose que moi ? questionna le Chevelu.

- Ce qui est sûr, c'est que ce n'est pas une coïncidence !

- D'autant que chez notre madame Simon, je crois me rappeler qu'il y a deux tableaux comme celui-là au mur, tu te souviens ?

- Comment aurais-je pu ne pas les remarquer ? Allez demande à Planchon de me passer tout ça au crible, empreintes et tout le toutim. Nous on retourne voir notre roi mécano. Je suis curieuse d'entendre ses explications.

- On pourrait s'arrêter vite fait au bar dont je t'ai parlé non ? C'est sur le chemin.

- Ok, on y go !

Il leur fallut vingt bonnes minutes pour arriver au bar situé en face de l'entreprise de Jean-Luc Vidal. Après s'être présentés à la patronne qui leur servit deux cafés, celle-ci leur raconta ce qu'elle avait à leur dire et montra du doigt l'agence Vidal chauffage.

La Golmotte et le Chevelu reprirent le chemin du commissariat.

- Tu te renseignes sur notre bonhomme et tu me racontes tout ça, ok ?

- Mais on ne va pas interroger Patrice Simon ?

- Tu veux être de la partie ?

- Et comment !

- Bon ok, répondit-elle.

Cette fois, Patrice Simon fut menotté à la table, du fait de ses humeurs violentes. Un agent restait présent devant la porte de la salle d'interrogatoire, la clé des menottes en poche. La commissaire menait le débat, assistée de

Thomas qui regardait un dossier posé sur la table devant lui.

- Alors monsieur Simon ! Comment expliquez-vous cette passion d'entomologiste ?

- Quoi, qu'est-ce que vous me chanter là ? d'enchimio j'sais pas quoi ! Pouvez pas être plus clair ?

- Ces deux pièces à l'étage au-dessus du garage à droite, c'est quoi ça ?

- Ah ! Je vois ! s'exclama le prévenu.

- Eh bien tant mieux monsieur Simon, on vous écoute !

- Je loue ce bureau à un gars depuis plusieurs mois maintenant !

- Et qui est cette personne ? Vous avez le bail, car on n'a rien retrouvé à ce sujet dans vos papiers ?

- D'accord, perquisition et tout et tout, à ce que je comprends.

- Vous comprenez vite monsieur Simon et je vous envie, car moi, je ne comprends pas tout voyez-vous !

- Vous savez ce que c'est, je l'ai vu peut-être une fois ou deux ce gars-là, ça n'a rien d'officiel, il me glisse une enveloppe tous les mois dans la boîte aux lettres du garage et basta. Je ne sais même pas ce qu'il fait là-haut !

- Il collectionne les insectes et en fait des tableaux, monsieur Simon, on appelle cela de l'entomologie.

- Vous m'en direz tant. Cela dit, maintenant que vous le dites, c'est vrai qu'il m'a donné, mais il y a de ça un sacré bout de temps, deux cadres avec ces bestioles. Ce n'est pas mon truc et je crois bien que c'est ma femme qui les a gardés ! Quel rapport ?

- Pouvez-vous me le décrire ce gars en question ? lui demanda la Golmotte fort intriguée.

XVIII

Le débriefing du matin allait commencer d'une minute à l'autre et le commissariat était en ébullition. Des journalistes occupaient toute la salle d'accueil du rez-de-chaussée et des agents en faction interdisaient l'accès aux étages.

La Golmotte entra dans la salle ou une douzaine d'inspecteurs attendaient le rapport. Thomas Verne entra derrière la commissaire.

- Bon les enfants, on progresse et l'on devrait bientôt aboutir, commença-t-elle.

Tout le monde se détendit. Chacun savait d'expérience que l'appellation « les enfants » était on ne peut plus encourageant.

- Alors voilà les faits, continua-t-elle. Murielle Simon ne vit plus avec son mari depuis un an environ et s'envoie en l'air de temps en temps en recrutant ses amants d'un soir à la Salsa que tout le monde connaît dorénavant. Son mari, car ils ne sont toujours pas divorcés, ne supporte pas leur séparation et l'épie régulièrement. Il nous a avoué être l'auteur des coups et blessures infligés à nos victimes et rejette toute implication dans les meurtres des dites victimes. D'autre part, les perquisitions effectuées dans ses locaux à Til-Châtel ont révélé des choses étonnantes.

Situé au-dessus du garage, caché derrière le pignon droit du garage, un escalier nous a menés à un petit deux pièces miteux à l'étage. Quelqu'un semble venir régulièrement s'adonner à sa passion d'entomologie. En d'autres termes, il épingle des insectes morts en les clouant par le thorax sur des planches en bois. Vous voyez ce que je veux dire. Nous n'avons décelé aucune trace de carreau ni d'arbalète. Ce mystérieux locataire paye en espèces par l'intermédiaire d'une boîte aux lettres et n'apparaît sur aucun document administratif. Je donne la parole à l'inspecteur Thomas Verne.

- Merci madame la commissaire. Messieurs, les empreintes relevées sur les lieux sont toutes identiques et ne correspondent aucunement à celles de monsieur ou de madame Simon. La personne à qui elles appartiennent, ne semble pas fichée. Toutefois, un appel téléphonique d'une patronne de bar nous a mis sur la piste d'un individu qui côtoie depuis peu madame Simon. Celui-ci ne semble pas faire partie des clients de la Salsa et chacun sait qu'il était le terrain de chasse privilégié de notre suspecte.

- Merci Thomas, conclut la commissaire avant de reprendre la parole. Alors voilà messieurs, écoutez-moi bien. Cet individu s'appelle Jean-Luc Vidal, gérant de l'entreprise Vidal chauffage. Je veux une équipe qui travaille sur tout ce qu'elle peut trouver sur ses antécédents, sa famille, ses activités etc. Thomas et Ducreux, je compte sur vous pour appréhender discrètement ce Vidal et l'amener au dépôt. Évidemment, j'attends le résultat rapide de ses relevés d'empreintes.

Ensuite, je veux une autre équipe qui vérifie la liste des clients de l'entreprise Vidal pour une possible corrélation avec nos victimes. Pour ma part, je vais à nouveau interroger madame Murielle Simon.

Aidée de Jeanlin, la commissaire reprit l'interrogatoire de madame Simon. Elle avait passé une nuit au dépôt sans s'être vraiment reposée. Elle avait les traits tirés mais restait belle malgré le manque de maquillage. La Golmotte eut un peu pitié d'elle, mais elle devait avancer.

- Madame Simon, connaissez-vous Jean-Luc Vidal ?

- Mon Dieu ! Que vient-il faire dans cette histoire ?

- Je vous en prie, répondez à la question.

- Oui, bien sûr, je connais Jean-Luc.

- Est-il un de vos amant occasionnels ?

- Non, pas du tout, nos rapports ne sont pas du tout les mêmes.

- Comment l'avez-vous rencontré ?

L'interrogatoire dura plus d'une heure et Murielle fut ramenée dans sa cellule encore plus exténuée qu'avant.

- Alors, qu'est-ce que t'en penses Jeanlin ?

- Quelque chose me porte à croire qu'elle nous dit la vérité. Cette femme semble avoir une fêlure quelque part et malgré ses rendez-vous galants extravagants, elle paraît rechercher une stabilité affective. Je pense que son problème, c'est la maternité.

- Hum, pas mal Jeanlin, ça se tient. Tu ne la vois pas attirer des hommes pour les donner en pâture à son mari ?

- Pour quel motif ? Non, je ne sens pas du tout cela chez elle. Elle a plutôt l'air d'être perdue.

Sans qu'ils aient le temps de se lever, le Chevelu entra dans la pièce et alla s'assoir à la place que venait de quitter Murielle Simon en lançant un dossier sur la table face à la Golmotte.

- Eh bien, dit-elle.

- Regarde, ça va te plaire !

Elle ouvrit le dossier, et vit instantanément la correspondance des empreintes de Jean-Luc Vidal avec celles relevées à Til-Chatel.

- Notre entomologiste ! Regardez-moi ça, quelle surprise!

- Continuez commissaire, continuez ! lâcha Thomas très excité.

La Golmotte tourna la page et lut le rapport de Pradel.

 Jean-Luc Vidal, demeurant chez sa mère au 3 boulevard de la défense, où celle-ci élève sa petite-fille depuis la mort tragique de sa maman, morte noyée dans sa voiture tombée dans la Saône un soir de décembre 2003.

- Mais ce n'est pas du tout ce que nous raconte Murielle Simon ! Où est-il ?

- Dans la pièce à côté, répondit Thomas.

- Bon sang, allons-y. Jeanlin, foncez chez le procureur et demandez-lui un mandat de perquisition pour le 3, boulevard de la défense et filez-y avec la scientifique. Nous vous y retrouverons.

- Bien madame la commissaire, j'y vais.

- Viens ! dit-elle au Chevelu en sortant précipitamment, puis elle interpella Jeanlin, lui demandant de l'appeler quand ils seront devant la porte du boulevard de la Défense.

Elle passa devant la salle où se trouvait Vidal sans s'arrêter.

- Mais je croyais que…, demanda Thomas atterré.

- Laissons-le mijoter celui-là. Prenons la voiture et allons d'abord chez la mère. Quelque chose me dit que l'on touche au but.

Thomas mit un agent en faction devant la porte avec comme instruction ; « Personne ne rentre, personne ne sort. »

XIX

Madame Vidal leur ouvrit tenant Estelle devant elle, par les épaules.

- Bonjour messieurs dame, dit la petite fille aimablement.

- Bonjour mademoiselle, lui répondit la commissaire.

- C'est pourquoi, demanda la grand-mère ?

- La Golmotte lui présenta sa carte et lui demanda la permission d'entrer quelques minutes.

- Mais, à quel sujet madame ?

- Commissaire, madame Vidal, commissaire.

- Excusez-moi, je vous en prie, entrez madame la commissaire.

- J'ai quelques questions à vous poser à propos de votre fils, et je souhaiterais que votre petite-fille n'y assiste pas, merci.

- Bien, ce n'est pas grave j'espère ?

- Je vous en prie.

- Heu, ah oui, veux-tu monter dans ta chambre Estelle s'il te plaît !

- Bon d'accord mamie.

La petite monta les escaliers qui la conduisirent au premier étage, alors que sa grand-mère installait ses visiteurs dans le salon.

- Madame, commença la Golmotte, pouvez-vous me parler de votre belle-fille ?

- Comment ? Vous voulez parler de Sophia, la maman d'Estelle ?

- Oui, si cela ne vous est pas trop pénible.

- Oh mon Dieu ! dit-elle la main sur la poitrine cachant une croix pendue à une chaînette en or. Pauvre Sophia… Heureusement, Estelle n'était pas dans la voiture ce soir-là. Elle rentrait d'un déplacement professionnel lorsqu'un de ses pneus a éclaté. Elle est alors sortie de la route pour piquer du nez dans la Saône. On l'a retrouvée noyée dans la voiture. Mon fils est très perturbé depuis. Il n'a pas pu refaire sa vie et c'est moi qui élève la petite.

- Il vit chez vous ?

- Oui, enfin la plupart du temps, mais sa chambre à une entrée indépendante dans le jardin et je ne connais pas toutes ses allées et venues, vous comprenez ?

Le téléphone sonna et la Golmotte s'excusa. Elle décrocha.

- Juste une minute Jeanlin, je vous ouvre dans une seconde. Puis elle raccrocha et mit son portable dans sa poche.

Jeanlin était devant le perron avec la scientifique et n'en revenait pas : « Elle est déjà là » dit-il aux autres qui ne comprenaient pas.

- Madame Vidal, j'ai avec moi un mandat de perquisition et je vais faire entrer une équipe qui va descendre au sous-sol de votre habitation. Je vous demanderai de ne pas vous y opposer.

- Mon Dieu, mais qu'a-t-il fait de mal ? s'offusqua la grand-mère.

- C'est encore trop tôt pour vous en parler madame.

Puis la Golmotte fit entrer le groupe d'intervention en lui désignant la porte qui donnait accès au sous-sol.

Ils trouvèrent un petit appartement bien rangé, composé d'une chambre et d'une salle de bains équipée de toilettes. Ils fouillèrent minutieusement et finirent par trouver une housse au-dessus de la cuve à fioul. La Golmotte alertée, descendit et enfila ses gants. Jeanlin resta avec la vieille dame alors que le Chevelu dévalait les escaliers. Il arriva juste à temps pour découvrir la housse grande ouverte laissant apparaître une arbalète ainsi que des carreaux dont les couleurs leur étaient devenues familières.

À partir de cet instant, tout s'emballa, et Jean-Luc Vidal fut placé sous mandat d'arrêt et écroué. Il passa aux aveux après de longues heures d'interrogatoires.

XX

Le Grand Serin était aux anges et n'arrêtait pas de féliciter Anita Rubence. Même la presse, cette fois, ne pouvait pas faire autrement que de couvrir la commissaire d'éloges, bien qu'ils insistassent beaucoup sur l'efficacité du travail d'équipe dont elle n'était, finalement, qu'un maillon. Mais fidèle à son habitude, elle ne lut pas une ligne de tous ces beaux parleurs.

- J'ai toujours cru en vous commissaire. Vous irez loin croyez-moi !

- Merci monsieur le divisionnaire.

- Alors dites-moi, finalement Patrice et Murielle Simon ne sont pour rien dans cette histoire ? Incroyable !

- Je ne dirai pas cela monsieur le divisionnaire, sauf votre respect, Patrice Simon a encore rallongé son casier judiciaire et aura à répondre de ses agissements. Quant à madame Simon, c'est la grande perdante de cette histoire. Elle y croyait à son idylle avec Vidal, mais encore une fois, elle est tombée sur un os. J'espère qu'elle s'en relèvera. Je sais qu'elle a demandé à la grand-mère d'Estelle si elle pouvait se voir elle et la petite. Madame Vidal n'a pas semblé s'y opposer devant l'insistance de sa petite-fille.

- Bien, bien, éructa le divisionnaire. Et ce Vidal alors, comment explique-t-il ses actes ?

- Voyez-vous, je pense que les psychiatres nous en apprendront plus sur lui que ce que nous pouvons en déduire par nous-mêmes. Ce qui est sûr, c'est que, quand sa femme est tombée enceinte, il ne savait pas encore qu'il ne pouvait pas avoir d'enfant. Il l'a appris trois années plus tard alors qu'ils n'arrivaient pas à avoir un deuxième enfant. Comprenant qu'il ne pouvait pas être le père d'Estelle, il l'a fait payer très cher à son épouse en trafiquant sa voiture et en la poussant dans la rivière en crue.

- Diantre ! Il a avoué cela ?

- Oui, et bien d'autres choses encore !

- Racontez Anita, racontez ! s'enflammait le divisionnaire.

- C'est assez sordide en fait, continua-t-elle. Nous avons pu relier deux affaires non élucidées concernant les meurtres de deux prostituées survenus à deux années d'intervalle. Cela a commencé, si je puis dire, un soir à la Salsa, vous savez le fameux terrain de ….

- Oui, oui bien sûr, continuez je vous en prie.

- Il repéra cette belle femme brune et s'y intéressa. Elle l'attirait irrésistiblement mais il ne pouvait se décider à l'aborder et subir un nouvel échec voire même un nouvel affront. Après s'être renseigné sur elle et avoir emmené sa voiture en réparation au garage de son mari, il loua le petit bureau qui le surplombe, pensant ainsi se rapprocher d'elle. Manque de chance, celle-ci quitta le domicile peu de temps après. Il reprit sa piste jusqu'à ce qu'elle devienne une véritable obsession. C'est à cette période-là qu'il s'attaqua à la deuxième prostituée. Ensuite, ayant repéré où elle vivait, il mit dans sa boîte aux lettres, à plusieurs reprises, des prospectus de son entreprise de chauffage, espérant ainsi qu'elle appelle un jour et qu'elle devienne une cliente, ce qui finit par arriver. Mais voilà, un peu avant cela, il surprit son petit manège à la Salsa ce qui le rendit furieux. Ayant été témoin des agissements du mari, il se mit alors en tête de les punir à son tour. Vous connaissez la suite…

- Quelle histoire Anita, quelle histoire !

FIN

DU MÊME AUTEUR

L'histoire de Kabouli Pilao (2014)

La dame de carreau (2019)

Les enquêtes du brigadier Chaulaix T1 (2021)

Les enquêtes du brigadier Chaulaix T2 (2021)

Illustrations : gilles Pitoiset

Remerciements à Jean-Pascal Lamand ainsi qu'aux studios LA CHAUX 58230 qui m'ont permis de réaliser les enregistrements de la version audio.

Remerciements également à Lancelot Ferrand pour son aide précieuse, à Amélie Clément pour ses corrections, ainsi qu'à mon épouse Isabelle pour son travail et sa patience infinie…